Atención frotadores: ¡ondas de choque! ¡ondas de choque!

Daniel Paniagua Díez

AMAZON-EDITION

* * * * *

PUBLISHED BY:

Daniel Paniagua Díez

Atención frotadores: ¡ondas de choque! ¡ondas de choque!

Copyright ©2013 by Daniel Paniagua Díez

ISBN-978-84-616-5663-9

CONTENIDO

Prólogo

Sí, es así, frotadores, todavía se escriben estupendas novelas de ciencia ficción; en vuestras manos está la prueba.

Doce jóvenes, más que sobradamente preparados y con amplia experiencia laboral en sus respectivos campos, van a ser captados para participar en el más increíble y supersecreto experimento jamás soñado: serán los primes seres humanos en viajar a las estrellas.

No saben lo que les espera. Pero triunfarán.

PRIMER MAMOTRETO

Proyecto Aurora

21 de diciembre de 2015.

11.30, hora de las Islas Canarias.

Aeropuerto de Los Rodeos, Tenerife Norte, España.

El vuelo 253 ha llegado a la hora prevista.

Los pasajeros están saliendo hacia el hall tras recoger sus pertenencias de la cinta transportadora y los guías turísticos van agrupándoles alrededor de unos cartelones que indican el nombre de la empresa de servicios turísticos. En un rincón, cerca de la puerta de salida, una chica menuda y rubia espera hasta reunir su pequeño grupo.

Bajo un cartel con un escueto lema *Proyecto Aurora* se reúnen doce viajeros arrastrando sus maletas.

−Por favor, síganme; su transporte les está esperando. Exclama la guía.

Suben a un moderno microbús y salen raudos del aeropuerto.

− ¿Dónde vamos? ¿Alguno de vosotros tiene la menor idea? Comenta uno de los viajeros de las últimas filas.

− ¿Podríamos parar en algún sitio? Grita una de las viajeras entre volantazo a derecha e izquierda. El desayuno, por decir algo, que nos han servido en el avión se mantiene pegado en la boca del estómago. Necesito parar enseguida y tomar un café decente.

−No se preocupen ustedes. Contesta la guía por el micrófono. Tardaremos apenas unos minutos. No vamos lejos. −En la radio del bus suena una vieja versión de *"Volare"*, interpretada por Dean Martin.

11

— ¿Es a la playa? ¿Nos lleváis a alguna playa de la isla? Pregunta una viajera aún más nórdica y más rubia que la guía.

— ¡Oh, no! ¿No sois los doce del Proyecto Aurora? Vamos a un valle cercano; pero no puedo daros indicación alguna. ¿Qué sois? ¿Participantes de un nuevo programa de televisión? Porque vuestra empresa lo lleva todo con un secretismo total.

—Tal vez sea algo similar. Tampoco nos han contado mucho. Tan solo que estaremos un tiempo aislados del mundo; el que aguantemos. —Y mira de reojo a sus acompañantes; de los cuales ignora hasta el nombre.

El microbús avanza a buen ritmo por estrechas carreteras subiendo hacia las cercanas montañas mientras los pasajeros se sumergen en sus pensamientos particulares y teclean en sus teléfonos móviles.

A finales del verano pasado fueron contactados por una empresa de selección de personal, auténticos cazadores de cabezas; tuvieron que pasar por una serie de cursillos de cultura general y temas relacionados con temas tan dispares como la astronomía y la agricultura ecológica. En un par de grandes aulas se reunían cada mañana 100 candidatos. Un curso muy caro, de alto nivel de exigencia, material didáctico de última generación; ya no se hacen masters así. Cada día había más sillas vacías.

Después de tres meses de dura competencia y discreta selección fueron llamados, uno por uno, para firmar el contrato laboral en la sede de una corporación alemana (de larguísimo nombre y tipografía Gutenberg) radicada en un gran rascacielos de Chamartín. Duración: un año, condiciones: generosísimas (y más en los tiempos actuales) Se exige discreción máxima por parte de la empresa contratante. Pasados unos días, una mañana, por mensajero, reciben el billete de embarque para la isla de Tenerife.

Ninguno de ellos tiene una idea precisa de la labor que habrá de desempeñar pero han sido seleccionados entre cientos de candidatos por sus cualidades humanas y profesionales; eso les han dicho. Y la empresa da la impresión de ser muy seria y altamente exigente ¿Farmacéutica? ¿Biotecnología? (¿Los servicios secretos?)

El microbús llega a las puertas de una finca vallada y tras unos escasos segundos (los que tarda en abrir la puerta automática) se detiene ante un edificio de tipo industrial; apenas los viajeros han desembarcado sus pertenencias sale rápidamente hacia la carretera con la rubia a bordo. Cuatro personas con batas blancas les esperan a la puerta y les invitan a entrar.

Parece una fábrica; tal vez de conservas. Son conducidos y amablemente invitados a entrar en unos vestuarios. A un lado hombres y en el contrario las mujeres.

Tendrán que ducharse (lo cual el que más y el que menos lo agradece infinitamente) y vestirse con una ropa y calzado que les está esperando en montoncitos. Ropa de fibra como la que utilizan los deportistas de élite, y sobre ella tendrán que ponerse una funda plástica blanca, tipo anticontaminación. Zapatillas deportivas; sin calcetines.

Apenas están comenzando a vestirse ya comienzan a bromear si no habrán venido a las Canarias para trabajar en una fábrica de conservas de productos marinos, o algo similar. Y además una redecilla para el cabello (¿envasan embutidos en las Islas Canarias?) Todas sus pertenencias personales han de ser trasvasadas a unas mochilas de alpinista. Su ropa y calzado, maletas, todo lo que han llevado consigo para el viaje, quedarán en taquillas candadas. Hay jarras de café y té con hielo para refrescarse y pastas tradicionales de la isla para un tentempié.

Cuando están ya dispuestos aparecen otros dos individuos silenciosos; por toda identificación llevan una tarjeta en la bata: Proyecto Aurora; y les reclaman para que recojan sus cosas y les sigan. El edificio industrial apenas muestra un largo pasillo, muchas puertas cerradas y una gran puerta al fondo.

Al abrirla, ante sus ojos aparece un largo túnel de plexiglás que apenas deja pasar algo de luz diurna.

—Deberán caminar por el túnel hasta la nave y una vez en ella recibirán más instrucciones. Les dice uno de las batas blancas.

—Les deseamos el mayor de los éxitos para la gran aventura que van a realizar. Les despide el de mayor edad; tal vez el director de la fábrica.

— ¿Qué encontraremos al final del túnel? ¿A qué viene tanto mutismo?

—La nave; estarán muy cómodos. Todo ha sido preparado con mimo para que puedan desarrollar perfectamente su trabajo. —Responde el que debe ser el director con la mano en el pomo de la puerta. En minutos sus dudas se disiparan; estaremos en comunicación constante con ustedes.

—Que pasen buen día, viajeros, y que llegue a buen fin la labor encomendada. Concluye el segundo bata blanca casi empujándoles para salir del edificio.

Un largo túnel de plexiglás oscuro que no permite ver el exterior y una pequeña rampa bien iluminada les conduce a una sala. Un salón comedor, circular y bien equipado, unos cinco metros de diámetro, les espera; llama la atención los muebles de cocina y un estupendo equipo audiovisual; una gran pantalla de televisión. Una larga mesa en el centro y doce sillas; ante cada una hay una tarjeta con sus respectivos nombres. Una gran carpeta con tapas duras y un buen fajo de fichas de trabajo en su interior.

Una voz surge de los altavoces:

—Por favor, tomen asiento. Verán una carpeta con las instrucciones necesarias para comenzar a realizar su labor.

Por el rabillo del ojo uno de los viajeros observa que la puerta de entrada se ha cerrado silenciosamente, la rampa ha desaparecido y el lugar ha quedado perfectamente sellado; pero se sumerge en la lectura de las docenas de fichas que tiene entre sus manos. Tras unos minutos de callada lectura uno de los viajeros se levanta de la mesa.

—Permitir que me presente; me llamo Luis, soy ingeniero electrónico y, al parecer, soy desde este momento el... ¡Uhm! Codirector del Proyecto Aurora (Es un bigardo de casi dos metros de altura, de frente más que amplia, y un aspecto que impone respeto) —Según parece, mi primera misión consiste en hacer con ustedes una visita guiada a las instalaciones siguiendo el plano que tengo en la mano. Dejen sus cosas y síganme; tenemos que salir al pasillo y girar a la izquierda. ¡Vaya!, ya nos han encerrado.

Por los altavoces se escusa música antiquísima: algo así como *"Everybody loves Somebody"* del inigualable Dean Martin.

—Los tres primeros departamentos son dormitorios personales. Si pulsamos este botón se abre automáticamente la puerta.

Tres dormitorios idénticos ante sus ojos. De unos cinco metros de profundidad por dos y medio de anchura a la entrada, tres y medio de fondo con la pared combada; los techos a cinco metros de altura. Una amplia cama a un lado y una mesita compañera; en la pared contraria un alto mueble modular con armarios equipados con ropa y calzado femeninos tras las puertas. Una larga mesa y un ordenador personal es lo más llamativo de un lugar tan impersonal. Parece la habitación de un internado pero tiene buen aspecto. En cada mesita hay un tarjetón con el nombre de la afortunada. No hay ventanas. Paneles modulares de fibra de carbono forman las paredes, excepto las del fondo que están recubiertas de paneles poligonales de kevlar o fibra similar.

—Según el plano y mis instrucciones, —girándose hacia sus compañeras; hay otros tres cuartos idénticos al otro lado de la entrada (Aparenta como si supieras de qué va esto) Después dejarán aquí sus cosas personales. Prosigamos la visita turística. A continuación viene (¿Uhnn? ¿Almacén de suministros?) Veamos que hay tras esta puerta.

Caminan por un pasillo circular de unos dos metros de anchura y han de hacer cola para entrar y salir de las estancias. Ante sus ojos aparece un almacén de unos 9 metros de pasillo, repleto de armarios y estanterías del suelo al techo donde hay todo tipo de alimentos perfectamente organizados por clase y tipo, y al fondo una gran cámara frigorífica repleta de carnes y embutidos.

—Pero bueno ¿esto qué es? Aquí hay comida para años. Disculpadme; no entiendo nada. ¿De verdad vamos a estar encerrados en estas instalaciones durante un año? Si es así yo no lo hubiera hecho mejor.

— ¿Por qué dices eso, chatina? —Es un tipo cargante, el típico ligón de pueblo, que no le ha quitado el ojo de encima desde que subieron al microbús. (Tiene una caída de ojos que derrite las bragas)

—Me llamo Montse, no chatina. Soy especialista en nutrición, entre otras muchas cosas, y este almacén lo han preparado auténticos profesionales de la alimentación. Esto no es un supermercado ¡es una pasada! Estanterías hasta el techo. La cámara frigorífica podría ser un poco más grande. ¿Y todo esto? ¡Es un semillero! Un semillero increíble (¿Qué es esto? ¿Un proyecto secreto de la E.S.O.? ¿La N.A.S.A.?)

—Disculpa, chatina; confío que tendremos oportunidad de conocer tus muchas cualidades. Y me ofrezco voluntario para la explorarlas.

—Ya, tú y los otros cinco que están a la cola. Aparta, que Luis nos llama.

—Por favor, síganme o no terminaremos nunca. Ya se me ha abierto el apetito. A continuación viene, veamos: ¡Ajá! La cocina; por supuesto.

Un cuarto de cuatro metros de entrada por más de cinco de fondo aparece ante sus ojos mostrando una cocina industrial que ya quisieran los más afamados restaurantes; la pared curvada del fondo y el alto techo da sensación de mayor amplitud; todo tipo de utillaje cuelga bajo armarios empotrados, hornos de varios tipos, cafeteras, teteras, un par de robots de cocina, etc.

– ¡Estos serán mis dominios! ¡Vade retro individuos! Pero, disculpen, permitir que presente. –Es un hombre de poco más de treinta años el que ha entrado como un huracán. Moreno, alto, y aspecto de guardaespaldas. Me llamo Iñaki y seré vuestro chef. Para eso me han contratado.

–Pues tendrás que arreglártelas conmigo, Iñaki. Hola a todos, me llamo Montse y soy, además de cocinera, especialista en nutrición; según mis instrucciones seré la encargada de que todo el grupo esté perfectamente alimentado. Tendremos mucho de qué hablar Iñaki, tú y yo.

–Será un placer; pero te advierto que mi último trabajo fue en un restaurante con dos estrellas…

–Vale, vale, ya veo que no pasaremos hambre. Observar este curioso frigorífico: aquí se guardan los cubiertos, platos y todos los útiles de cocina a muy baja temperatura; cuando se utilice cualquier cosa aquí guardada antes de volverla a introducir hay que pasar primero por este autoclave de esterilización y esperar a que termine el proceso de limpieza.

–O sea, ¿cada vez que quiera usar un tenedor tengo que esperar que se descongele y después de usarlo ponerlo a esterilizar? ¿Es así?

–Correcto, aprendes rápido Iñaki. Seguirme que nos queda mucho por ver; da la impresión de que estemos en el interior de un gran queso y se han molestado en cavilar el tema de la alimentación. Aquí tenemos una escalera en rampa para acceder al piso superior, pero siguiendo por el pasillo nos encontramos con… ¡dos impresionantes cuartos de baño!

– ¡Guau! Qué pasada.

Entran en tromba a un baño u otro y comienzan a probar los lavabos (¡el agua esta helada! Me estaba asando con este traje de plástico, no transpiran lo más mínimo) ¡Las duchas! Termonucleares. Dos en cada cuarto de baño. Uno de los viajeros las pone inmediatamente a funcionar y se abrasa las manos con el vapor caliente que sale por los chorros.

– ¡Guau! ¡La madre que me…!

–Encantado de conocerte Tadeo, ya he notado que eres el otro ingeniero del proyecto. Has comprobado cómo funcionan las duchas de hidro-aero-ionización, tendrás que ajustar la temperatura del vapor si no está a tu gusto; son lo último en técnicas y tecnologías de hidrología médica e hidroterapia Supongo que le das el aprobado. No se necesita jabón o champú ni toallas y a la par que nos aseamos recibimos un tratamiento medicinal para armonizar todo nuestro organismo.

— ¿Que no hay toallas en la ducha?

—Correcto, esto no es un hotel y no tenemos servicio de lavandería; tampoco hay papel en los retretes, le dais al botón y sale un chorrito que os limpia. Nuestro nivel de pH en piel y cabellos se mantendrá en niveles ideales sin necesidad de restregarnos con cualquier cosa; la higiene habrá de ser prioritaria en esta misión. Tampoco utilizaremos más dentífrico que el bicarbonato que veis en estos tarros. Por cierto, en cada cuarto de baño observaréis que hay un tercer fregadero, verde, completamente verde, su misión es la siguiente: cada vez que os afeitéis o depiléis o bien os cortéis el pelo o las uñas, y también cada vez que terminéis de utilizar alguna aspiradora, hay doce aspiradoras de cuatro tipos diferentes repartidos por toda la instalación, sus depósitos habrán de ser vaciados en estos fregaderos verdes, ¿comprendido? En los verdes y únicamente en los que tienen el color verde. Son razones de tipo orgánico, vegetal, y que los retretes no son capaces de tragarse y discriminar esas cosas nuestras que continuamente producimos; hay que reciclar, ¿vale? ¿Alguna duda? Sigamos y veamos que hay en el siguiente cuarto.

— ¿Qué tenemos tras esta puerta? (¡Genial!)

Es un cuarto de tres metros de entrada que contiene un taller con todo tipo de instrumentación; material eléctrico, electrónico, cajas de herramientas, armarios con más y más instrumental. Las estanterías llegan hasta el techo.

—Bueno, bueno, bueno; aquí hay uno (o sea mi menda Lerenda) que no se va a aburrir; hay material como para montar una central nuclear. A continuación viene: ¡aja! Un gimnasio. —Es un cuarto de más de cuatro metros de entrada y cinco de fondo equipado con dos máquinas multipower pegadas a la pared, un par de bicicletas estáticas y otro par de máquinas elípticas, dos bancas, y barras y mancuernas de todo tipo y tamaño. Una gran pantalla de televisión de formato panorámico se encuentra al fondo; pero está apagada. Iñaki ya está probando las máquinas de fuerza y Tadeo pedaleando antes de que los demás tengan tiempo de entrar para echar un vistazo al cuarto. Hay opiniones de todo tipo.

—Podremos hacer un poco de ejercicio para no volvernos fofos. Algo es algo. ¿Seguimos explorando Luisito?

—Por supuesto; Tadeo musculoso. —Tadeo es delgado (30 abriles como treinta soles; piensa alguna) como un corredor de maratón que apenas le llega a Luis por el hombro. Continuemos; los otros tres cuartos para las compañeras de proyecto vienen a continuación. Ya dejaréis vuestras cosas en los dormitorios al final de la visita, aún tenemos que subir al piso superior; cruzamos por el salón comedor y nos vamos por la escalera en espiral al piso de arriba.

Atraviesan ligeros como faisanes el salón y suben al piso superior siguiendo los pasos del ingeniero Luis (esta funda, ¡qué calor da!; yo me quito la redecilla y abro la cremallera hasta el ombligo ¡Y estas lechuzas! Les comen vivos con la mirada) Luis espera en el pasillo a que todos estén arriba contemplando un par de grandes puertas.

Al desplegarse las puertas dobles entran en un cuarto con un gran acuario adosado a la pared izquierda. Iñaki entra en tromba y empieza a dar saltos de alegría.

— ¿Vosotros veis lo mismo que yo? ¡Bueno! Tendrá por lo menos cuatro metros de largo, 1.5 m. de altura, y casi un metro de ancho. Es el Mediterráneo en miniatura. Tenemos, veamos, bígaros, chirlas, cangrejos, gambas, bogavantes, ¡Uff! Peces, ¡mirar!, hay jurel, palometa, lubina, dorada; bueno, bueno, y ¡algas! Esto es un tesoro.

—El auténtico tesoro son estas estanterías. Dejar que me adelante; Juana, ingeniero agrónomo, y mi pasión son los invernaderos.

—Tendrás que contar con alguien más. Permite que me presente; soy Saúl y además de ingeniero agrónomo soy biólogo. (Toma ya con el aldeano) Necesitarás mucha ayuda para mantener esta instalación. Hay cuatro niveles por cada estantería de un metro de profundidad ¿Cuántos metros tendrá este local? Cuatro y medio de profundidad y, —dando grandes zancadas—, ¡más de diez metros de largo! Iñaki, ¡Iñaki! Ven a ver esto, hay más pececitos.

— ¡Otro súper acuario superacojonante! Pero aquí tenemos, veamos, ¡Ay Dios! Santa Claus existe. Hay sardinas, salmonetes, doradas, de todo. Y marisco; señores tenemos marisco en abundancia. Almejas, vieiras, navajas, buey, centollo, cigala, ¡pulpo! ¿Me dejo algo? Una estupenda y profunda capa de algas cubriéndolo todo. Señores: Las Rías Bajas. No sé por dónde empezar.

—Sí, ya, ya lo vemos. Una estantería larga plantada con soja, avena, ¿mijo? en sus diferentes niveles; cereales. Otra central con bandejas llenas de cultivos de verduras y hortalizas, y además una estantería pegada a la pared contigua al pasillo plantada con legumbres variadas y plantas medicinales.

—Bueno, lo dejamos como está o no terminaremos nunca. Por lo que vamos viendo habrá trabajo para todos. Voy a tener que organizar rápidamente turnos según las labores específicas y las generales. Solamente mantener ordenada esta instalación nos va a dar bastante trabajo así que solicito su colaboración desde el primer momento, ¡dejar de mirar los pececitos! Ya ven como esta todo de pulcro y estudiado y así ha de estar el día que salgamos de aquí. Si me acompañan fuera seguiremos con el tour turístico.

De nuevo en el pasillo avanzan hasta alcanzar los seis dormitorios masculinos, uno al lado del otro, tan impersonales o más aún que los femeninos; a continuación un pequeño cuarto de apenas dos metros y medio de anchura de entrada.

—Veamos, la guía indica que esto es el cuarto de radio telescopios. ¿Algún aficionado entre ustedes?

—Disculpen, déjenme pasar; soy astrónomo (¡el rarito simpaticón!) y pueden llamarme Tony. Esto es muy pequeño ¿y todo ese equipo de radios? ¿Lavadoras? ¡No hay nada! ¿Y esta máquina del fondo?

—Pues tendrás que compartir el local conmigo. Hola a todos, me llamo María y soy exobióloga. (Qué ojazos tiene y que melenaza) Hay ordenadores, impresoras, y no sé cuántas cosas que apenas reconozco. Supongo que no me contrataron para mirar las estrellas por la ventana y tendremos buena conexión con el exterior. No te preocupes, Tony; he traído todos mis últimos trabajos y proyectos en la mochila.

—Y yo los míos. Encantado, María, compartiré con usted cuanto me sea posible. Bueno, ya nos pasaran las tareas a realizar.

—Tienes razón. Ya sabremos como emplear el tiempo libre.

—Tony, María, ya tendréis tiempo para vuestras charlas; lo que hay al fondo es un triturador industrial de basuras. Quedáis nombrados encargados de su limpieza y buen funcionamiento.

—Si me permitís; me parece que solo quedo yo por hacer la presentación de marras. Soy Cosme, ingeniero cibernético, y lo que han montado en esta pared por lo menos me resulta familiar; soy radioaficionado. Sí, es cierto, como todo lo demás, esto lo han montado auténticos profesionales, seguramente militares. Equipos de todo tipo, etapas de potencia, amplificadores, ¡Buff! Podremos hablar con Marte.

—No eres el único con la pasión del radioaficionado y podrás compartir este equipo sensacional, ¿verdad?

—Por supuesto María, por supuesto; hay dos sillas en esta mesa y tenemos delante el centro de mando de una división acorazada. Me gustaría ver las antenas.

—Estarán en el exterior, y como tanto os gusta este rincón os nombro supervisores de lavadoras. Son ultramodernas y funcionan sin detergente alguno. ¡Que no se estropeen o tendremos que lavar a mano! Prosigamos pasillo adelante que aún nos esperan sorpresas. Ahora, si pulso este botón, se abrirán estas grandes puertas y veremos: ¡carajo! ¿Hay algún médico en la sala?

—Sí, yo soy médico; si me permites (Tan solo pasar a su lado y a Luis se le quitado el ligero tartamudeo y casi le da un soponcio. Es una chica morena, bastante alta y sus medidas de concurso de miss universo no quedan ocultas ni por la funda anticontaminación)

—Yo también; si me perdonáis. Hola, soy Isabel, (¡Mira la rubia!; seguro que sabe operar) ¿Cuál es tu especialidad o eres de medicina general?

— ¡Ah!, ya decía yo que me sonaba tu cara, soy Ruth. Trabajaba como médico de familia pero hice la especialidad en gastrointestinal.

— Que bien. Yo soy cirujano general; aunque me especialicé en el sistema endocrino. Bueno, ¿Qué tenemos aquí?

—Si me permiten, doctoras; les puedo ayudar.

— ¿En qué sentido? Gigantón.

—Errr, gracias; estamos en la sala médica, que tendrá unos siete metros de pared a pared y está dotada de equipos…

—Anda déjalo; y cuando necesites una aspirina nos lo dices. Ya quisieran muchas clínicas privadas tener la mitad de lo que hay aquí. Incluso un quirófano completamente equipado por si alguno necesita que le pongamos unas tiritas.

—Si es para jugar a los médicos con ustedes, me ofrezco voluntario.

—Déjalo, Tony; que te vemos venir. (¡Qué pesado! ¿Cómo puede ser tan guapo? Ya quisiera yo tener esas pestañas)

—Por favor, si hacemos caso a Luis terminaremos por hacer el recorrido cuanto antes. Y además aquí hay personas que aún no se han presentado.

—Hola, Tadeo, encantada; me llamo Marta, soy ingeniero informático y no sé qué pinto aquí con vosotros. (¿Me van a pagar por hacer compañía a esta panda de tarados? ¿Dónde está la trampa?)

—Pues entonces, acompáñanos Marta, y los demás que nos sigan; veamos que hay tras esta puerta. Viajeros: el laboratorio.

Una sala de tamaño algo menor que la anterior y con aspecto de contener un pequeño laboratorio de alguna universidad privada aparece ante sus atónitos ojos.

— ¡Guau! Iñaki, aquí podrás clonar bogavantes y cigalas.

—Podré hacer algo mejor nada más que enciendan los equipos. ¡Fabricar mi propia cerveza! Con lo que he visto en el almacén y estos equipos empezaré por una cerveza negra, muy ligera, y después…

— ¿Dejaras sitio para que otros experimentemos por nuestra cuenta?

—Por supuesto María, (¡Vaya ojazos tiene la niña!) aquí podremos trabajar los doce al mismo tiempo y aún sobra sitio. Si hubieras trabajado en la cocina de un restaurante ni te rozabas con los demás.

Tras un buen rato de andar cacharreando por el laboratorio reconociendo instrumental y maquinaria de lo más diverso Luis consigue que abandonen el local y continúen pasillo adelante.

Hay otros dos baños formados por habitáculos de dos metros de ancho por casi cinco de profundidad, y más de tres metros y medio de fondo estupendamente decorados con algunas variantes sobre los baños del piso inferior. Grandes espejos sobre los lavabos y en las paredes, materiales de última generación, sanitarios y bidets brillantes y pulcros; dos duchas galácticas al fondo completan la instalación.

—Viajeros, por favor, ya conocen el lugar donde podrán realizar sus abundantes abluciones; si me acompañan (¡Uff! Tendrían que haber contratado a la rubia del microbús; esto se me da fatal) Por favor, viajeros, tan solo nos queda abrir esta puerta para entrar a la zona central del complejo denominada, ¡Ah!, si, Sala de Control. Penetremos.

Entran en tromba a una sala circular de unos siete metros de diámetro y se encuentran una zona central con una mesa circular rebosante de pantallas de ordenador y otros equipos. Doce sillas, cuatro grandes pantallas de televisor en las paredes, y en el hueco de la gran mesa una pila de equipos informáticos sobrepasa los dos metros de altura.

—Bueno Marta, tú eres la experta, y Cosme supongo, nos podréis ayudar en algo porque estos equipos son la cosa más rara que he visto en mi vida. ¿Qué son? ¿Rusos?, ¿Chinos? No tienen identificación alguna de marca o algo similar.

—Debe de ser algún tipo de tecnología militar o simulada. Reconozco unidades de memoria, procesadores, interfaces,…

—Ya, ya, estás igual que yo. Mejor no toquemos nada hasta que nos lo indiquen. Y con esto, señoras y señores, da por finalizada la visita turística a las modernas instalaciones del Proyecto Aurora. Volvamos abajo para recoger nuestras cosas y dirigirnos a nuestros respectivos cuartos. En cuanto Iñaki nos avise nos reuniremos nuevamente en el comedor. ¿Os parece bien?

— ¿Y por qué a las chicas les han asignado los cuartos más grandes?

—Porque necesitamos más sitio para nuestras cosas, Saúl.

—Pero si solo os han dejado cargar con una mochila como a nosotros…

—No discutáis por eso; los de las chicas son apenas medio metro más largos pero dan la sensación de mayor amplitud. Tengo las medidas exactas en la mano.

—Lo que tú digas, Luis.

Bajan por la rampa para recoger sus pertenencias con un semblante similar al de los niños la mañana de Los Reyes Magos; comentando unos con otros lo que han encontrado y aventurando lo que les pueden exigir realizar en semejante instalación. Recogen sus cosas y cada uno a su cuarto a deshacer el equipaje y quitarse la funda blanca. (No transpiran en absoluto)

Apenas ha transcurrido media hora cuando perciben un ronroneo que les produce una sensación extraña y de nuevo una voz impersonal se escucha en la nave.

—Por favor, viajeros, reúnanse en la sala de Control. Por favor, viajeros.

Al regresar a la sala de Control los monitores están encendidos y las pantallas muestran imágenes de la Tierra vista desde el espacio; una imagen holográfica se forma en el centro de la sala, sobre el equipo informático, y hace gestos para comunicarse con ellos. Es el torso de un hombre que les mira desde lo alto; su rostro les resulta vagamente familiar.

—Por favor; tomen asiento. —Escuchan una voz maquinal; algo desagradable. Han tenido tiempo suficiente para colocar sus pertenencias en sus dormitorios; confío que sean de su agrado.

– ¿Quién eres tú? ¿Con quién hablamos? Le grita Cosme, el cibernético.

—Soy su asistente personal y represento al programa principal del sistema operativo de la nave. Si me permiten…

– ¿De la nave? ¿Qué nave? ¿Estamos en un barco? ¿Una nave espacial? ¿Estas cuatro chapas pueden volar? Nos creen imbéciles. —Es Marta (alta y morena, un tipazo tiene esta flacucha) la que está perdiendo la paciencia rápidamente.

—Por supuesto que puede. No se preocupen; ustedes ya tienen sus tareas asignadas y la dotación adecuada. Al ser su primer día a bordo deberán dirigirse a la cocina y comedor en cuanto terminemos la presentación; más tarde los señores codirectores Tadeo y Luis comenzaran a distribuir las tareas y horarios. Tómense el día libre y hagan una fiesta para conocerse mejor. Comenzará su jornada a las 06.00; disfruten de las instalaciones.

—Pero, oye, ¿Qué pasa? Desapareció. Tadeo, ¿tú sabes algo que los demás ignoramos? ¿Qué busca esta gente? ¿Esto de qué va?

—Lo siento Marta, estoy como tú de ignorante y suspicaz. Pero al menos los ordenadores personales se han puesto en marcha, así que supongo que funcionará la cocina; Montse e Iñaki podrán mostrarnos sus dotes culinarias.

– ¿Pero cómo va a volar un edificio? Esto no es más que un decorado bien montado. No hay cabina ni pilotos, ni ventanillas al exterior ni nada de nada.

Comienzan a percibir una sensación de bajada de presión o algo similar que resulta muy agradable.

– ¡Uhhhh! Tadeo ¿esto no será algún tipo de experimento simulando a un viaje a Marte o algo así? Parece que hubieran reducido la gravedad un cuarto, tal vez con la maquinaria que habrá bajo nuestros pies. ¿Pueden variar la presión atmosférica? (¿Qué es esto? ¿Un submarino?)

—Ya lo sé, Saúl, podría ser eso. Simular las condiciones de un viaje más allá de la luna y ver cómo responden los astronautas a un encierro

23

prolongado. ¿Os distéis cuenta que se referían a nosotros siempre como los viajeros?

—Exacto, viajeros por aquí, viajeros por allá; y ahora nos tendrán vete tú a saber cuánto tiempo encerrados. Firmamos un contrato a ciegas y no sabemos dónde nos hemos metido. Eso sí, esta ropa sienta como un guante; parecemos el equipo nacional en las próximas olimpiadas.

—Sobre todo a las chicas; verdad, Montse. ¡Tenéis unos tipazos! Y ahora parece que flotéis. ¡Guau! Puedo levantarte con una mano.

—Quieta esa mano, Iñaki, y que nos duren mucho estos físicos estupendos. Bueno, de eso me encargaré yo; pero podemos hablar del menú.

— ¡Hoy fiesta! ¿No ha dicho eso el asistente fantasmal? Pues menú especial Fiesta de Invierno.

—Acuerdo total, Iñaki. Nosotros iremos poniendo la mesa ¡Todos abajo!

A la fiesta invernal le siguen tres días después la Nochebuena y el día de Navidad. Más que tareas propiamente dichas en sus ordenadores personales aparece cada día, con una sonora chicharra como despertador, unas instrucciones para su mejor conocimiento de las instalaciones y el utillaje que hay en sus cuartos de trabajo. Al final de la jornada laboral tienen que rellenar o completar unas fichas con los datos de su labor diaria. Y después, tiempo libre para conversar o divertirse con sus aficiones particulares.

Apenas llevan cuatro días encerrados y el ambiente es fenomenal. Todos hablan de sus tareas y aficiones y, de una manera sutil, se van emparejando. Aunque no reciben comunicaciones de la empresa, o lo que sea que les ha contratado, no bajan la guardia y tratan de comportarse como si les estuvieran observando. La gran torre informática de Control es un completo enigma.

Hay muchos equipos y programas que les resultan por completo desconocidos, experimentales; y el gran ordenador central apenas muestra más que lucecitas de señales y series numéricas. Códigos indescifrables en visores numéricos por los pasillos y paneles cerrados a cal y canto que nadie sabe lo que ocultan. Poco a poco se van amoldando a su nuevo hogar y lo van personalizando.

Los dormitorios se han ido de alguna manera decorando o habilitando según el gusto de cada uno. En la cocina nunca falta café, refrescos, o cerveza negra artesanal que Iñaki fabrica en el laboratorio; ver películas en la pantalla del salón comedor es su mejor distracción.

Feliz Navidad, ignorantes

Corre la cerveza de mano en mano y en el hilo musical suena *"Raindrops keep falling on my head"* del susodicho y no tan bien mentado Dean Martin, que tanto debe gustarles a los directores del experimento. Un estupendo menú, casi de bacanal romana, está siendo devorado con fruición y por la mesa sobrevuela un angelito invisible lanzando flechitas de amor cuando una nueva fluctuación de presión les pone en guardia. Antes de que alguno llegue a levantarse de la silla, súbitamente, se sienten pesados, la cabeza abotargada, como si les hubiesen echado un gran peso encima.

Fin de fiesta. En dos minutos se encuentran todos en sus catres boqueando como pececitos fuera del agua. Después de un par de horas el efecto gravitacional ha desaparecido y es Luis el que se anima a salir de su cuarto para dar una vuelta por la nave.

Al rato vuelve y va directo al cuarto de Tadeo que se haya sentado en la cama con la cabeza entre las manos.

– ¿Qué tal te encuentras? –Apoyando una mano en su hombro izquierdo.

–Fatal, y he devuelto hasta el desayuno. Bueno, como casi todos ¡Vaya putada! El Día de Navidad ¿Qué nos harán el día de los Santos Inocentes?

– ¡Ya! No hay derecho. No hay manera de comunicar con el exterior y las radios no funcionan ya; tan solo captan ruido de fondo y cosas entrecortadas. Aunque estén a plena potencia.

– ¿Has notado algo raro, nuevo?

–Nada. Iré a rellenar las fichas del día; hoy no pienso hacer más.

–Espera, Luis; hay algo que sí podemos hacer ahora mismo.

–Tú dirás.

—Por algún sitio tiene que salir todo el cableado y tuberías de la instalación al exterior; si no ¿cómo nos monitorizan? ¿Has visto una trampilla en el suelo del taller?

—Sí, ya me había fijado; al fondo, casi pegando a la pared.

—Pues vamos y buscamos con qué abrirla. Descubramos las tripas de esta bestia.

Media hora más tarde, demudados, entran los dos ingenieros en el comedor donde Iñaki y Juana están sentados tomando café.

— ¡Vaya cara traéis los dos! Sí que os ha sentado mal esa presión extraña. Bueno, como a todos; ¡tengo una migraña!

—No es por eso Juana, no es por eso. Es que venimos de abajo; se acepta un café muy largo.

— ¿Cómo de abajo? ¿De aquí debajo? ¿Hay un sótano o algo así?

—No. Buscábamos cables y cañerías, todo eso, y abrimos una trampilla en el suelo del taller.

—Bueno ¿y qué hay? No tomes tanto azúcar que Montse se enfada; nos la va a racionar un día de éstos.

—Agua, hay agua. Deja que yo se lo explique Tadeo. Debajo nuestro hay una increíble instalación que contiene una docena de depósitos de agua interconectados. Además hay equipos para el filtrado de nuestras heces y orines y otros equipos de lo más diverso. Nada sale de esta instalación. Dentro de poco nos sobrará abono natural para surtir constantemente el invernadero.

— ¿Y nada más? ¿No podríamos excavar una galería para salir al aire libre?

—Nada más. El suelo es liso y metálico y las paredes curvadas; quitamos un panel de kevlar de una de ellas y nos encontramos con que toda la instalación está recubierta por una extraña aleación metálica. Es como si estuviéramos en interior de una esfera achatada por los polos.

—Entonces, si ya explorasteis el subsuelo, solo nos falta mirar qué hay arriba. Por si hay ventanas o algún tipo de salida por el tejado; no creo que hayan construido una trampa tan perfecta que no tenga salida alguna.

Acceden con la escalera del invernadero al piso superior a través de una disimulada trampilla en el pasillo y lo que encuentran es una extraordinaria instalación con depósitos de oxígeno, sistemas de aire acondicionado y filtrado de aire.

La idea de Luis se confirma: es una especie de esfera de 21 metros de diámetro achatada en los polos, y la rampa de entrada no lleva a puerta alguna; tan solo una pared. No hay salida. Seguir con las tareas que cada mañana aparecen en sus computadores al despertar y esperar algún tipo de comunicación exterior; que pasen los días. No les queda otra.

Feliz Año Nuevo en el infierno, amados.

En el comedor reina la francachela y el buen humor; por la puerta llegan olores intensos de la estupenda cena de Nochevieja que están preparando. Grandes jarras de cerveza negra pasan de mano en mano y la mesa ha ido tomando un aspecto fenomenal a pesar de lo parco de la cubertería y el menaje (demasiado ergonómico según opinión general, ¡platos metálicos! Por favor… que cutres)

Apenas Iñaki y Montse han colocado las últimas bandejas de marisco sobre la mesa y han comenzado a servirse sienten una nueva fluctuación de presión y una cierta ingravidez se apodera de ellos.

— ¡Pero si tan solo he tomado un vaso de cerveza y ya estoy flotando! Iñaki ¿Qué ingredientes usas para lograr esta pócima obscura? Canta.

—No es cosa mía, Tony. Están jugando de nuevo con la presión atmosférica o algo así. Aprovechemos para cenar en paz y flipemos un poco. Quieren que nos sintamos más ligeros y espirituosos.

A los postres reina el cachondeo. Marta va de un rincón a otro haciendo fotos y el que más y el que menos está bastante achispado. No tiene tiempo de sentarse cuando la voz átona y maquinal se escucha por los altavoces.

— ¡Por favor viajeros! ¡Por favor viajeros! Se requiere su presencia en la sala de Control. Preséntense ahora mismo en la sala de Control.

Suben cantando y haciendo malabares, cerveza en mano, por la rampa espiral.

—Seguramente querrán despedir el año con nosotros; faltan unos pocos minutos para las 12 de la noche en Madrid.

—Veremos que aparece ahora, Marta; porque como sea de nuevo el holograma del asistente nos vamos a descojonar viéndole dar las campanadas de fin de año.

Efectivamente, la imagen holográfica flota en el centro de la sala; pero, además, se encuentran con todos los monitores encendidos, y las grandes pantallas de televisión muestran la inconfundible imagen del planeta Júpiter. El sutil anillo joviano se percibe con claridad y también alguna de sus lunas.

— Por favor, tomen asiento. Cada uno de ustedes tiene una consola asignada y en la pantalla verán su nombre.

— ¡Ya te digo! Mira, Ruth; en vez de imágenes de la Puerta del Sol nos ponen a mirar las lunas de Júpiter ¿no te parece todo esto una inmensa chorrada?

—Ya lo sé, Cosme; si tuviéramos uvas podríamos comer una por cada luna joviana. Espera unos segundos; a ver qué fiesta nos han preparado.

—Viajeros, por favor; si pulsan en sus consolas táctiles verán aparecer una serie de datos e instrucciones a los que deberán prestar el máximo de atención.

— ¿Por qué? ¿Por qué he de tocar la pantalla? ¿O no se puede preguntar al Gran Señor del Computador? (¡Uff! Estoy piripi)

—Es necesario que aprendan lo más rápido posible pues el funcionamiento de la nave irá pasando progresivamente de programado a manual y tendrán que hacerse ustedes cargo de sus respectivas obligaciones. Para ello fueron contratados.

— ¿Y en qué consistirán? Aparte de limpiar los baños y rellenar fichas y más fichas todos los días.

—Paulatinamente tendrán que hacerse cargo de la dirección y buen funcionamiento de la nave. Si son tan amables de observar las pantallas de televisión observaran que nos estamos acercando al planeta Júpiter; entraremos en órbita y daremos seis vueltas alrededor suyo. Después…

— ¡Júpiter! ¿Qué chaladura es esta? Se tardarían años, décadas, en llegar a Júpiter y apenas llevamos diez días aquí encerrados. Nos están tomando el pelo miserablemente; no sé si cobraremos a final de mes.

—Pues lo están haciendo muy bien Ruth; extraordinariamente bien.

— ¿Qué dices Tony? Tú siempre estás de cachondeo ¿Tanta cerveza has bebido que vas a creer que podemos estar llegando a Júpiter?

—No sé cómo lo hacen pero estas imágenes no se corresponden con las misiones Voyager o Cassini o alguna otra; tienen una definición increíble. Las pantallas son de más de 60 pulgadas y no nos están pasando unos viejos vídeos que habré visto mil veces ¿Qué opinas, María?

—Que la simulación es extraordinaria. Porque es una simulación, ¿verdad asistente?

—No hay simulación alguna. Soy un computador trabajando en tiempo real. Las imágenes que les muestro están siendo tomadas por las cámaras exteriores; pero, si lo prefieren, pueden tomar sus propias vistas en el cuarto de telescopios que tiene ya todos sus equipos activados. Disponen ustedes de un telescopio catadióptrico con un ocular de 280 mm, un telescopio refractor acromático de…

— ¡Que me aspen! ¿Será verdad?

Tony sale como una fecha de la sala seguido de María. Los demás permanecen pegados a sus sillas con una cara de incredulidad incomparable. En las consolas no paran de aparecer datos computacionales, astronómicos, imágenes del planeta, gráficos de velocidad, impulso, aceleración, vectores y más vectores.

Chorros de datos corren por los monitores mientras Montse se aferra al brazo de Saúl mirando sin pestañear la imagen del gigante gaseoso crecer en las pantallas de televisión.

—Tendríamos que viajar a miles y miles de kilómetros por hora ¿no? para conseguir llegar en diez días escasos ¿Qué va a pasar ahora asistente? ¿Qué vamos a ver? (Ni loca creo yo que este edificio sea una nave interplanetaria y todo ese rollo ¡pero acojona!)

—Tal y como muestran sus consolas la nave entrará en órbita circular al planeta. Daremos seis vueltas completas para aprovechar su inmensa gravedad y ganar impulso antes de partir hacia nuestro destino.

— ¡Nuestro destino! (Juana está a punto de sufrir un ataque de nervios y grita) ¿Cuál es nuestro destino, máquina?

—Nuestro destino son las estrellas. Disfruten del viaje y atiendan a sus consolas. Progresivamente nuevos equipos entraran en funcionamiento constante y tendrán que monitorizarlos. Que tengan ustedes feliz año nuevo.

La estrella más brillante del firmamento

Han pasado semanas de tiempo sideral, universal, solar e indeterminado (los computadores siguen con la cuenta de 00.00 a 24.00) Ya nadie usa sus relojes personales; tampoco la mayor parte de las cosas que trajeron consigo al embarcar. Sobre todo la ropa interior.

Les han sobrevenido crisis y abatimientos, enamoramientos súbitos y amenazas de suicidio, pero al trabajo constante del invernadero y los experimentos en el laboratorio o en el taller de instrumentación se han unido las demandas constantes del ordenador principal que les llena de tareas y alertas constantes. ¡Averías!

Se han formado dos grupos de trabajo después de cambios constantes y continuos según afecciones y amoríos que se relevan cada doce horas. Chifladuras; no se les ocurre otra cosa que hacer el Jaimito. Las relaciones personales han ido pasando por las más diversas vicisitudes y aunque ha habido fuertes discusiones no se ha llegado a las manos más que dos o tres veces. Cada grupo duerme en un piso para evitar roces innecesarios.

Alguno de los viajeros ha cambiado de dormitorio más de tres veces, de piso otras tantas, y los gruesos colchones de 120X200 han tenido que soportar duras jornadas con dos y más cuerpos sudorosos frotándose constantemente.

Cosme se ha encerrado en el subsuelo acuoso un par de veces amenazando con sabotear la instalación; algunas chicas se han tirado de los pelos mutuamente y cosas de esas, tan femeninas, que ellas hacen sin pensar; pero, en general, el sentido común prevalece ya y el frotamiento. Tras el ardor y la locura el cansancio y la rutina; agotamiento síquico. ¡Todos los días hay que comer algo!

Luis y Tony se encuentran en la sala de control tecleando datos y haciendo conjeturas. El aire acondicionado comenzó a fallar hace tiempo y se suceden fluctuaciones de temperatura inexplicables, pasando horas a más de 30°C seguidos por otras a 10°C. Normalmente disfrutan de una temperatura de unos agradables 22°C; ahora llevan dos docenas de turnos pasando frío.

Intentan averiguar a qué puede ser debido pues ya han pasado muchos turnos agrupándose de tres en tres y de cuatro en cuatro en los dormitorios, y lo de frotar y frotar y volverse a frotar otra vez (¡Uff! Qué frío hace) llega a ser cansino (los dormitorios tienen por toda dotación algunas sábanas y unas pocas finas mantas de fibra polar) Aún quedan paneles cerrados y equipos ocultos por toda la nave sobre los cuales tan solo pueden hacer cábalas inciertas.

—Si al menos tuviéramos la menor idea de dónde nos encontramos o cómo salir de esta situación…

— Eso mismo estaba pensando yo ¿Qué es lo que tienes medianamente claro Tony? Porque cada uno tiene su propia teoría y se han formado dos grupos no solo de personas si no de ideas; y Tadeo apenas puede sujetar a los suyos. Se cierran a cualquier discusión relacionada con las estrellas y el viaje espacial (¿Qué hacen en grupo? ¿Yoga?) Les está dando por el misticismo y apenas llevan a cabo sus tareas comunales. Siguen pensando que nos están engañando de alguna manera muy sutil.

— ¿Medianamente claro? Cuando llegamos a Júpiter pude tener acceso a los telescopios; con las cientos de fotos que pudimos tomar y lo que nos mostraban las cámaras me he formado una hipótesis sobre lo que pudo ocurrir.

—Ya, que dimos seis vueltas acelerando constantemente y salimos disparados hacia las estrellas; eso fue lo que nos relató el holograma ¿Alguna idea? ¿Por qué no flotamos ahora ni nos aplastamos contra el suelo al despegar? Es que nadie se dio cuenta. Es increíble, una locura. ¿Cómo es posible?

—Alguna tengo. Este cacharro utiliza algún sistema de levitación que crea una gravedad artificial, eso seguro; la presurización impide que la aceleración y velocidad nos afecte. La nave orbitó La Tierra hasta poder salir disparada hacia Júpiter, después ganó un impulso gigantesco gracias a la gravedad joviana y salió lanzada hacia más allá de los límites del Sistema Solar.

—Pero ¿hacia dónde?

—Seguramente estaré equivocado, pero con los datos e imágenes que salían en las pantallas yo diría que hemos salido disparados hacia Sirio. Utilizaron Júpiter como una honda y nosotros somos el pedrusco, un pedrusco que ha alcanzado de algún modo la velocidad de la luz.

—Sirio ¿De qué distancia estamos hablando?

—Más de ocho años y medio viajando a la velocidad de la luz

— ¿Ocho años y pico? Buff, no aguantaremos ni tres meses al paso que vamos. Se agotaran las provisiones, el agua, y nosotros mismos. Tenemos que encontrar alguna manera de salir de aquí, o volver a casa, o algo. Me estoy volviendo insomne y me derrumbaré en cualquier momento. ¿Cómo pudieron hacernos esto si no tenemos la menor idea de la mayor parte de las cosas?

—Aguanta Luis, porque veo difícil que podamos cambiar algo. Seguimos sin tener acceso al núcleo de la programación de este cacharro y el computador se reserva, me parece a mí, la mayor parte de la potencia de cálculo para la navegación estelar; es por ello que cada poco aparece algún nuevo invento en funcionamiento y nosotros tenemos que hacernos cargo. Es mejor que sea así.

— ¿Por qué? Algún equipo o comando, subprograma, algo, llevará el timón y dirección de este invento. ¿No podríamos volver a casa? ¿Sabotearlo? ¿Apagarlo?

—El computador solo se ha comunicado con nosotros, a través del asistente, en momentos muy especiales; si te has dado cuenta. El último cuando abandonábamos el Sistema Solar y alcanzamos la velocidad de la luz.

— ¿Tú crees que verdaderamente alcanzamos la velocidad de la luz? ¿Y por qué no hemos explotado o algo así? Todas las teorías que conozco…

—Pienso, y lo me puedes rebatir de mil maneras diferentes, que incluso hemos rebasado esa mítica velocidad y vamos aún más rápidos.

— ¿En qué basas esa suposición?

—Cuando alcanzamos la velocidad de la luz, ya cercanos a la Heliopausa, las estrellas se volvieron líneas luminosas, solo veíamos sus trazas, y ahora tan solo vemos esa esfera de luz blanca en las pantallas. Pero no puedo decirte a qué velocidad puede ir este cacharro; ignoramos dónde pueden estar los motores, cuál puede ser su combustible y dónde se almacena. Tal vez bajo nuestros pies; espero que algún día podamos acceder a lo que suponemos que hay. El ordenador sigue callado y a lo suyo y las cámaras tan solo muestran una estrella blanca al final del túnel. Me parece que es Sirio; su luminosidad es…

—Vale, si lo dices tú será esa estrella; pero no sé qué podemos hacer. ¡No es posible alcanzar la velocidad de la luz! Tendríamos un tamaño infinito. Explotaríamos o algo similar.

—Imagina un pelota de básquet girando en tus manos; hablamos de las tres dimensiones conocidas, el eje no cambia aunque lances la pelota de aquí para allá. Ahora imagina una esfera de infinitas dimensiones girando sobre su eje; nada cambia y todo sigue igual aunque vayamos a la otra punta de la galaxia.

—Pero, ¿y el momento y la masa? ¿No tendríamos que habernos desmaterializado o algo así?

—Solo si nos dirigiéramos fuera del universo, más allá de sus límites espacio-temporales. Nosotros tan solo estamos viajando entre estrellas; no hay peligro de desmaterialización. No estamos saliendo de los límites de la galaxia y mucho menos del universo. Momento y masa, ¿no sabes otra cosa? conservamos nuestra masa peculiar aunque la velocidad sea inimaginable y nosotros no giramos como una peonza, estaríamos aplastados contra las paredes, pero, entonces, ¿algo tendrá que girar? ¿No?

—No te entiendo. ¿Me sugieres la teoría del universo burbuja?

—Seguimos dentro del campo universal, tan solo nos desplazamos de un punto a otro, ¡olvídate de la velocidad!; da igual si tiene forma de burbuja o de patata no estamos saliendo de sus límites. Tenemos masa y nos afecta la gravedad. El misterio para mí son las fluctuaciones.

—El mío preferido es que no hayamos reventado; las presiones que tiene que soportar la nave han de ser monstruosas.

—De eso sabrás tú un montón, ¿no trabajaste diseñando submarinos?

—No, trenes de alta velocidad. Estaba en ello cuando me captaron para este proyecto.

—Pues ahí tienes algo para entretenerte: la presurización de la nave.

—¿La puerta? Ni idea, se cierra por fuera; no es más que una pared al final del pasillo. ¿Por qué lo dices?

—Vaya ferroviario estás tú hecho. Los primeros viajeros, recién inventado el ferrocarril, se negaban a montar y viajar aterrorizados con la idea de que a cuarenta kilómetros por hora no podrían respirar y se asfixiarían.

−Ya te entiendo; yo he viajado a más de cuatrocientos kilómetros por hora.

− ¿Y dónde está el secreto para que no te ahogaras? En la presurización del tren; esto es lo mismo. No sé qué harás tú pero yo ya termino mi turno. No conseguimos regular eficazmente la temperatura y si estoy mucho tiempo sentado me quedo helado. Te dejo, que Marta me espera para comer. Mira a ver si consigues que el asistente deje de ponernos a Dean Martin ¡Como vuelva a escuchar el *"C´est si bon"* me volveré majara! (Al menos ya solo pone música en Control)

−Buen provecho para ambos, (Ya lo está poniendo este brujo maléfico y siliconado; de alguna manera nos observa) dale las gracias por el gran trabajo que ha hecho con los ordenadores personales; me estaba volviendo majara el que me despertaran cada día a las 06.00 con su chicharra infernal. Ahora podemos trabajar a gusto.

−Es un sistema operativo novedoso y aún está aprendiendo cual puede ser su funcionamiento y posibilidades; hace lo que puede. Hasta mañana.

− ¡Ah! Espera, recuérdale a Marta que mañana le toca limpiar los baños. Cosme ha vuelto a dejarlo todo como estaba o peor; debe estar en una etapa de regresión anal o algo así. No entiendo ya casi nada de lo que dice ese grupo de lunáticos. Que si están experimentando cambios en su conciencia y no sé cuántas chorradas más.

− ¿Anal? Pues será del trasero de Isabel; al que regresa por lo menos cinco veces diarias. Y cada vez que lo echa del dormitorio monta el teatrillo del suicidio o cualquier otra chorrada. Tranquilo, que ahora mismo lo comento con Marta; ¿llamas tú a los flipantes? A ver si sus señorías quieren dejar de levitar o rascarse en grupo y se ponen a trabajar de una santa vez.

−Sí, ya me encargo yo. Tranquilo, Tony.

−Y, por cierto, trata de convencer a María que las radios son completamente inútiles a la velocidad que vamos. Está obsesionada con captar alguna señal. Es inútil; que emplee su tiempo libre en otra cosa. Es una chica muy habilidosa.

−Sí, sí que lo es. Tú lo sabrás bien.

—No me lo recuerdes que ahora estoy con Marta; ¿sabes dónde estará Iñaki? Ya apenas pisa por la cocina.

—Me dijo que bajaba con Ruth al gimnasio; para entrar en calor.

— ¡Ah, ya! debí imaginármelo. Son dos fanáticos de las pesas y el músculo.

—Y más desde que descubrieron en el almacén una tonelada de barritas energéticas y cosas de esas.

—Pues yo, mientras pueda, prefiero comida cocinada y Marta es de la misma opinión. Hasta luego.

La vida no suele ser fácil en ninguna situación y el ser humano no está acostumbrado a los entornos cerrados; por muy bien equipada que se halle la nave el sentimiento de presidio es inevitable (¡deja ya de dar puñetazos en la pared! Y ven a frotarme un poquito) y del viejo planeta azul apenas conservan fotos en sus ordenadores. La desesperación es muy mala consejera.

Vayamos a buscar el relevo; cuatro de los viajeros se hallan en el dormitorio de Juana (¿Habrán parado ya de frotarse?)

—Mirar, me tenéis loca, ¡eh! Pero loca, loca. Me estáis moliendo el colchón; ya lo he cambiado una docena de veces de posición. Lo de arriba para abajo y la cabeza a los pies y ya no encuentro postura cómoda; voy a tener que volver a cambiar de dormitorio por vuestra causa.

— ¡Es que hace mucho frío! Te quedas helada si estás sola. Yo lo que más echo de menos es la almohada.

— ¡Montse! ¿Quién fue la de la genial idea de la batalla de almohadas? Todo el turno de aquí para allá golpeándose. No sé si quedará alguna útil.

— ¿Y a quien se le ocurrió la guerra de los extintores? Estuvimos cuatro turnos limpiando espuma de todas partes.

— ¿Y el burro de Cosme soltando latigazos con una toalla mojada? Iñaki casi lo mata. Estamos como chotas.

—Ya; cuando cayeron peleándose por el hueco de la escalera pensé que se habían matado con el trompazo que se dieron. Pero no puedes venir a mi cama cada vez que empiezas con los vómitos; no sé qué quieres que haga. El médico es Isabel.

—No te enfades con Montse, hay algo que no sabes: está ya de más de tres semanas y las reacciones son normales. Busca a su mamita en tu regazo.

—Pues buena soy yo como para hacer de madre; bueno, mientras solo sea mi querida Montsita…

—El problema es que… me parece que ya hay otras dos encintas.

— ¡Otras dos! ¿Quiénes? ¿Lo sabes?

—Una supongo que es Marta, pero tendría que dejarme hacerle la prueba del embarazo. Y la otra, y de eso estoy segura, soy yo.

— ¡Tú! Pero si tú eres el médico; ¿si caes enferma qué hacemos? ¿No puedes inventar algún anticonceptivo en el laboratorio? Te pasas las horas metida en él.

—No es tan fácil como piensas y ya sabes que con Ruth no me hablo. Esa guarra no me restriega las tetas por la cara otra vez porque cojo un bisturí y la opero en dos segundos.

—Vale, vale, no volvamos a las discusiones; son las hormonas y tú lo deberías saber mejor que nadie. Bueno, venga, levantaros que nos estarán buscando para el relevo. A ver si hoy Saúl está más inspirado y consigue sacar algo más que lentejas del invernadero.

—Ya me has inspirado un par de veces este turno y me parece que voy por la tercera; si no tienes prisa…

— ¡Fuera de mi cama inmediatamente! ¡Todos! Saúl, te quiero inmediatamente en el invernadero ¡Qué tío más sobón! Os aseguro que un día de éstos encontraré el modo de bloquear la puerta de mi dormitorio. Venga, ¡largo!

—Yo voy directamente a la cocina; os voy a preparar un menú de…

—Por favor, Montse, deja ya la macrobiótica o como lo llames. No me paso casi ocho horas en el invernadero para comer purés de algas y tacos de tofu. ¡Quiero unas alubias o lentejas con lo que sea! Necesito llenar el estómago con cosas sólidas.

—Y yo necesito que plantéis calabazas, fresones, cualquier cosa… ¡Quiero algo dulce!

— ¿Ya estás con los antojos? Bueno, pronto empezaré yo también. Saúl, ¡suelta a Juana! Y corriendo para el invernadero; vas a tener que hacer muchos cambios rápidamente. Ahora iremos nosotras. ¡Sin chistar!

—Ya voy, ya voy; volando. Las plantas están tristes, será por el frío; plantaré calabazas para que hagáis dulces de cabello de ángel y compotas. Soy puro dulzor y regaliz; amor vegetal. Tomarme.

Patada en el culo y corriendo a trabajar. Así son las mujeres.

—¡Hombres! Vamos al baño y os cuento por encima lo que he pensado para los próximos días.

Se cruzan por el pasillo con Luis pero no se dirigen palabra.

—¿Sigues con la idea Juana de que este es un viaje sin final? ¿Que nunca saldremos de este encierro?

—Trato de no engañarme, ¡Cosme es un guarro! ¡Mira como deja los baños! Esta semana le tocaba a él limpiar; seguro que lo hace adrede. Como se vuelva a encerrar en los depósitos de agua pongo una losa encima de la trampilla para que no vuelva a salir.

—Discúlpale; no para de pensar mil cosas a la vez y apenas consigue dormir algo.

—Bueno, lo que te decía, este es un viaje sin final. No importa a qué velocidad vayamos y todo eso, no sueltan más que chaladuras los supraracionales; nunca llegaremos a ninguna parte. Tenéis que mirar más allá. Nos lanzaron al espacio con una nave experimental y pueden pasar siglos antes de que nuestros descendientes, y vamos a tenerlos, lleguen a alguna parte. Lo demás es irrelevante. ¿Terminasteis? Venir conmigo las dos al invernadero.

—Imposible. Mientras no se valla esa peste que tenéis dentro yo no puedo pasar esas puertas. Y toda la nave sigue oliendo fatal; me cuesta respirar.

—Ya, ya lo sé, Montse, es por el abono y las plantas. Cuando germinó el mijo y la soja al mismo tiempo se preparó una buena. Menos mal que ninguno de nosotros es alérgico; y ahora la avena. Pero quiero que oigáis esto: ¡Estoy harta de peloteras! Tanto entre nosotros como con los cartesianos.

—¡Pero si casi todas han sido por causa del invernadero!

—Sí, pero o esto funciona adecuadamente o terminaremos por comernos los unos a los otros ¡con cuchillo y tenedor!

—Vale ¿qué propones?

—Isabel, basta de discusiones con Ruth; como tú tengas que guardar reposo, y eso puede empezar dentro de cuatro días, solo la tenemos a ella para cuidarnos. ¿Okey?

—Lo intentaré.

—Lo conseguirás y algún día nos dirás el porqué de tu rechazo; vale, casi te saca la cabeza y se habrá tirado a todos los tíos varias veces, pero la necesitamos y punto. Montse, esto va para ti; se terminó el pique con Iñaki ya mismo.

—De acuerdo; además, ahora está con la tetonas y anda muy suave.

—Te aviso; ya tenemos bastante avena y vamos a sustituirla por centeno.

— ¿Otra vez con las cervezas? ¿Nos quieres alcohólicos a todos para controlarnos mejor?

—Sí, volvemos a la cerveza. Y alguien tiene que poner orden aquí.

—Claro ¡como tú no la pruebas!

—Ahora sí lo haré. Isabel no te vayas, esto te incumbe. O Iñaki comienza a fabricar de nuevo cerveza, le pediremos que la haga muy suave, o tendremos que racionar pronto el agua y además fabricar deprisa y corriendo los mejores filtros que seamos capaces.

— ¿Qué dices? Primero el aire (respiramos esporas) y ¿ahora el agua? Vamos a caer todos como chinches.

—No empieces con las depres de embarazada novicia. El agua ha perdido mucho de su limpieza original, por decirlo finamente; Tadeo y Cosme bajan todos los días para intentar comprender y mejorar el sistema de filtrado de aguas pero las noticias son inquietantes. La fabricación de cerveza es una antiquísima manera de tomar agua potable; el cereal se queda con todo lo microscópico al maltear los granos y lo podemos reutilizar como abono menos pestífero. Además, siempre sobrará algún kilo para hacer harina ¡podríamos hacer tortitas y galletas!

—Como médico titular del equipo apruebo la idea, ¡estoy del mijo! además tenéis plantado Baldo; una planta estupenda para cuidar de nuestros hígados. Así que, Montse, no te queda más remedio que aprobar la moción.

—Vale, yo misma iré a decírselo. ¡Se va a llevar un alegrón!

—Pero que no se alegre demasiado contigo, que ya estás embarazada; y después vuelves aquí, rápidamente, que me tienes que ayudar a bajar cosas al almacén.

— ¿Y si tardo un poco?

—NO-TARDES-NADA. Los achuchones te los daré yo cuando hayamos bajado los sacos de soja y lo demás. Entra conmigo Isabel, y ponte una mascarilla; esa tardará media hora, como poco, en volver. Quiero que me digas que te pasó con Ruth; tranquila, Saúl se pone los cascos con música a tope y no se entera de nada. ¿Qué os pasó? Os llevabais de maravilla y el día de, bueno, de aquello, apareciste con un bisturí corriendo tras ella; las dos desnudas.

—Aquel horroroso día. Es un tormento. No dejo de recordar el holograma sobre mi cabeza diciendo aquello de: Iniciando sistemas (imita la voz maquinal) chequeos finalizados, índices de gravedad apropiados, y no sé qué más; cierro los ojos y veo Júpiter como un globo inmenso al que caemos. La gran mancha como una inmensa boca de un rojo intenso que nos va a tragar; el pavor. Me entró el pánico y me refugié en mi dormitorio. Tapada con la manta como una niña que ve venir un ogro.

—Lo siento, ni me enteré. Estaba absorta con lo que salía en mi consola. ¿Y qué pasó?

—Pasó que una hora después, o algo así, no tengo ni idea del tiempo, apareció ella en mi cuarto, se desnudó y se metió bajo la manta conmigo. Mucho consuelo, niña bonita por aquí, que guapa eres por allá, cariñitos, y cuando me doy cuenta la tengo encima. Y me puso ¡Uff! Tú no entiendes, yo, bueno, nunca, pero nunca, ¿con una mujer? ¡Frotándome! Me lie a tortas con ella y la perseguí por toda la nave. Si no me paráis hubiera cometido un crimen. El horror del universo estaba en mis ojos y me convertí en una bestia asesina; cada vez que lo recuerdo me entra aquí un dolor...

—Te comprendo, para todos fue un choque monstruoso. No creas que alguno ha conseguido asimilarlo plenamente; y después vino el desenfreno.

—Ya, total, si íbamos a morir que importaba lo que hiciéramos. Fue un despelote. ¡Cuánto nos reímos! Y cuanto lloramos, Dios mío, cuanto habré llorado. Podía fregar el cuarto con mis lágrimas.

—Nos desequilibramos profundamente, ¡qué locuras! Yo, si no hubiera sido por las plantas, no sé, me pasaron tantas ideas por la cabeza; pero las quiero tanto. Alegra ese ánimo.

—Creo que los únicos cuerdos aquellos días, bueno, medianamente cuerdos, fueron Tony y María; se pasaban las horas con los telescopios. Cada poco aparecían gritando: Pasamos la órbita de Saturno, o de Urano, lo que fuera, ¡¡Fiesta!!

— ¡Uff! Alguna fue bastante bárbara. Y cuando nos convocó de nuevo el holograma diciendo que entraríamos en la velocidad de la luz, y ver por las cámaras como las estrellas se volvían líneas... casi hay muertos aquel día.

—Fue cuando se te ocurrió la idea de plantar flores ornamentales e irnos regalando tiestos para decorar la nave.

—Las planté nada más llegar. Es inhumano estar encerrados entre cuatro paredes metálicas; no sabes el bien que nos hacen las flores. Ahora mis cariñitos están tristes o adormiladas. A ver si consiguen arreglar pronto el aire acondicionado.

— ¿Hay algo de cierto en que las plantas perciben nuestros sentimientos?

—Perciben muchas cosas, no te lo puedes imaginar. Tendrías que pasarte las horas como Saúl y yo con ellas. Aquellos días de locura nuestra les hicieron mucho daño; especialmente a las floridas. Mira, fíjate cómo reaccionan a nuestros arrumacos.

— ¡Para!, burra. Y búscate un buen nabo que rascar. Me voy, que tengo cosas que hacer en el laboratorio.

—Anticonceptivos; consigue algo pronto.

—Soy cirujano, si alguno quiere solucionar su problema, en media hora lo consigo; díselo a tu hortelano.

—Hasta luego, que tengo trabajo.

Camino del laboratorio se cruza con Tadeo (un besito) y Cosme que salen de la sala de control.

— ¿Subís de nuevo a la sala del Aire? ¿Lo conseguiréis arreglar pronto?

—No subiremos este turno; te acompañamos al laboratorio.

— ¿Queréis decir que nos vamos a quedar con esta temperatura para siempre? No soy esquimal; tenéis que solucionarlo. Lo vuestro son las maquinitas.

—Por eso mismo tardaremos en volver a subir. Explícaselo, Cosme.

—Llevamos turnos y turnos subiendo a ver la maquinaria y los filtros; todo funciona a la perfección, tal y como lo diseñaron.

—Pues tendré que acostumbrarme a usar constantemente camisetas de lana porque este frío no lo soporto. ¿Por qué no metería un buen anorak en la maleta? ¡Ah, ya! Íbamos a trabajar en las Islas Afortunadas. Eso fue.

—No es para tanto ¡de acuerdo! Como te quedes parado mucho rato la sensación es poco agradable; pero ya no durará mucho tiempo. No te quites la chaqueta aunque estés tan atractiva con el chaleco. ¡Eres muy coqueta!

— ¿Y eso por qué? ¿Qué ocurrirá?

—El problema nació en el invernadero y de ahí vendrá la solución. Había plantada mucha soja y otras plantas de ese tipo, y germinaron casi todas a la vez.

—Ya, ¿y qué?

—Pues que los equipos detectaron altos niveles de esporas y todo eso en el aire; y para rematarlo nos hemos dado unos buenos empachos de algas con las ideas de Montse. ¿Resultado? Los equipos purificadores tienen que trabajar al 200% para limpiar la atmósfera de este lugar cerrado y la energía que utilizan se resta de la calefacción.

—Pero, ¿no haría falta una energía infinita para alcanzar la velocidad de la luz? ¿Por qué pasamos frío Tadeo? O sigues sin tener ni idea

—Por alguna razón de economía energética si un equipo consume mucho se lo resta a los otros con los que esté relacionado. Cuando el aire vuelva a unos niveles normales de pureza volveremos a tener más calor. Así que vale ya de comer algas. ¡Necesitamos más espirulina! Pero cubriendo los acuarios, ¿entendido?

—Perfectamente. Ir a hablar con Juana, algo ya había intuido, y está planeando nuevos cambios; Montse también cede en lo de la dieta; estará ahora mismo hablando con Iñaki. Hoy deberíamos comer todos juntos y hablar.

—Estupendo; yo vendré a buscarte ¡deja ya el ADN de las amebas o lo que sea que investigues!

—Dame un beso y vienes en cuanto tengas puesta la mesa; porque hoy la pondrás tú. Vale de escaquearse y hacer las cosas deprisa y corriendo para esconderte en el taller con tus juguetes. Te necesitamos, Cosme. Todos.

—De acuerdo. Pasaré menos tiempo en el taller. Hasta luego. Nos vamos a charlar con Juana.

Al dirigirse al invernadero ven subir por la escalera a Montse y la acompañan hasta la puerta que ella se niega a traspasar.

—Ya he vomitado hoy bastante como para entrar en ese cubículo lleno de plantas asesinas. Decirles a Saúl y Juana que salgan, os espero en la Sala de Control, voy a buscar a Isabel; tenemos reunión inmediata.

—Bueno, tranquila, ahora vamos.

En cinco minutos los seis se hayan sentados ante las consolas mirando de soslayo los datos que aparecen en los monitores; la mayor parte incomprensibles.

—A ver, os digo; he estado charlando con Iñaki y hay una serie de propuestas sobre la mesa.

—Dispara; pero solo al corazón.

—Gracias Tadeo, eres un amor.

—Primero, Iñaki pide que quitemos toda la soja y similares que aún queda en el invernadero y se plante cereal europeo. Necesita trigo, centeno, y cebada; todo el que podamos conseguir. Y que muchas gracias por la cerveza; en cuanto germinen los cereales hará cervezas variadas y algunos licores espirituosos; también conviene en usar una parte para hacer harina; la que queda en el almacén se agotará pronto. Dice que es un gran pastelero.

—Me gustaría comprobarlo. Juana, Saúl, ¿qué tal os parece la idea? Si necesitáis ayuda decirlo.

—Ya me había comentado algo Juana, y me parece bien; ya estamos en ello. Lo de plantar trigo y demás le vendrá bien incluso a la tierra; somos europeos, jopela, ya vale de soja; hacer lecitina o algo así con ella ¿Qué más?

—Verduras, hortalizas y legumbres, todas las que queráis; pero pide que plantéis chiles, ¡ah! y espárragos y puerros. Es una petición especial de Ruth; dice que es por el bien de nuestros intestinos.

—Si hay que ceder se cede; que al plato vendrás y me lo agradecerás ¿alguno sabéis hacer salsa mayonesa?

—La haré yo misma; otra cosa, necesita algo de tierra y unos canjilones para una idea suya: utilizar el espacio vacío en el cuarto del Agua para plantar hongos y champiñones. Quiere aprovechar los restos de cereal y algo de abono para plantar setas.

— ¿Pero setas de comer o de las de alucinar?

—Si estás tan interesado en el tema, Cosme guapito, vas con él al almacén y buscáis en el semillero lo que os apetezca plantar. Me parece que todos sabéis bastante bien como son nuestros compañeros cartesianos.

—No te enfades; lo decía en broma. ¿Qué más quiere?

—Que no volvamos a sacar nada de los acuarios. Según él, pasarán semanas antes de que vuelvan a su situación original o algo similar. Yo discrepo pero María me lo pidió casi de rodillas.

—Pues si tú cedes lo demás lo aprobamos. A mí me encantan las setas.

—Ignoraba eso de ti, mi Tadeo goloso. Otra cosa; Marta también está embarazada. Me parece que de cuando la fiesta de Neptuno; también pide cosas dulces ¡otra con antojos!

— ¿En la de Neptuno? Entonces…

—Calla Tadeo; son cosas de mujeres. Hay un par de cosas más.

— ¡Cómo estás, cariño! Relájate un poco.

—Después te froto un rato. Seguimos. Alerta virus.

— ¿Cómo?

—Tranquila, Isabel. Es para que no os durmáis. Estamos todos continuamente somnolientos. Ruth y María, y Marta ya ni os cuento, están alarmadas por los análisis del agua que bebemos; exigen medidas drásticas que yo apoyo.

— ¿El agua? Pero si la instalación es de ciencia ficción…

—Pero no contaban con gente tan guarra como nosotros; y no miro a nadie, Cosme. Luis dice que nos hemos vuelto hiperactivos, sobretodo él, que ya no recuerda cuando durmió dos horas seguidas y se duerme de pie, con todo lo largo que es; en fin, la higiene, a partir de este mismo momento ha de ser extrema. Hay ya tres viajeras embarazadas y las otras tres estarán al caer; higiene en los dormitorios, cualquier cosa imaginable, ropa de cama, los teclados de los ordenadores, lo que se os ocurra. Lugares de trabajo limpios como la patena; los baños: a partir de ya mismo serán dos personas las encargadas por turno de dejarlos listos para ¿Cómo dijo? Ah, ya, revista de policía; es que el padre de Luis es coronel del ejército o algo así. Buscaremos con lupa cualquier lugar donde puedan criar las bacterias. Al parecer tenemos la inmensa suerte de no haber traído con nosotros ningún virus activo ¡que sepamos por el momento!

— ¿Se han pasado al lado de la luz los descartianos?

—Discurren, punto. Más pedidos para evitar ir a la guerra total y definitiva. ¡Como pille a otro asaltando el almacén…!

—No dispares, cuenta.

—Gracias, cariño, tú eres mi calabacín dorado. No pases tanto tiempo en la bici estática que ya no volverás a correr maratones; Marta y María quieren fabricar aguas de colonia y jabones perfumados en el laboratorio, no hay humano que aguante este espantoso olor; fin de los sabotajes desde ya mismo ¡os lo advierto! He estado a punto de meterme en una de las lavadoras (porque no cabía que si no…) En fin, la ropa no tiene la culpa, es especial anti olores; ya sabéis, de alpinista o algo similar, pero las bacterias están proliferando en este trasto navegante como si fuera el Jardín del Edén y Ruth no quiere empezar a tirar de farmacopea. Dice que nos cargaron tan solo cuatro cosas básicas. ¿Isabel?

—Correcto, genéricos y cosas de lo más raro. No se han tocado apenas las existencias pero no hay reposición posible; y si hace falta fregar los suelos de rodillas se hará. Y esto va por todos o alguno va a dormir de aquí en adelante con los champiñones. ¿Propuestas?

—Propongo que la primera hora de nuestro turno la dediquemos a la limpieza. De todas las instalaciones. No sé de dónde puede salir tanto polvo; todas las puertas cierran herméticamente y en cuanto me descuido hay un dedo de polvo en mi mesa. ¿Tadeo?

—De acuerdo Juana, en cada turno lo primero será hacer limpieza general. El polvo sale de las esporas y de nosotros mismos; el cabello, la piel, la ropa, lo que sea; producimos partículas continuamente y ahora los filtros del aire acondicionado están casi completamente atorados con la germinación y todo eso. No hemos hecho otra cosa que limpiarlos todas las veces que hemos subido y el otro grupo hace lo mismo; no sé si os daréis cuenta pero vivimos en una espesa niebla de polvo y esporas y no sé cuántas cosas más. He visto las muestras del agua al microscopio; no podemos seguir así. Y es verdad que los acuarios han estado a punto de irse al carajo. ¿Alguna duda?

—Ninguna Tadeo. ¿Qué más Montse?

—Gracias Cosme, ¡necesito colonias! ¡Jabones con olor a flores! ¡Lo que sea! Pero que huela bien. Todos vosotros sois un encanto pero tenéis un olor a tigre que tumba a cualquiera; hay días que me ducho cuatro, cinco veces, ¡y es un olor a sobaco y pinreles el que tenemos! Necesito salir de aquí, me muero…

— ¡Quieta! Quieta, Montse, amorcito, tranquila. Haremos lo indecible por higienizar la instalación a toda prisa. Yo también lo sufro ¿Cuánto tiempo llevamos aquí dentro? ¿Mes y medio? ¿Dos? Bueno, lo que sea, yo era fumador empedernido, ¡incluso de habanos! Y este tiempo sin fumar me ha agudizado tanto el olfato que alucino constantemente. Sueño con burbujas de colores que me envuelven y me quieren ¡Y huelen bien! (A mandarinas. Necesito dormir)

—Gracias, Cosme, yo sueño algo similar pero no hay nada en la farmacia para el sueño; tendremos que seguir buscando con las plantas algo mejor que esas tisanas de valeriana y menta que prepara Isabel.

—Si no hay nada más por el momento; se levanta la sesión y nos vamos todos a laborar un poco.

—Espera un segundo Tadeo; de parte de Iñaki y los otros, que si os parece bien, en el próximo turno harán una fiesta y estamos invitados; al parecer queda un saco de centeno en algún rincón del almacén y ya estarán ahora mismo haciendo cerveza.

— ¿Y qué van a celebrar esos cabestros?

—Carnaval. Quieren hacer un baile de disfraces. Y al turno siguiente: Miércoles de Ceniza; o sea que tocaran diana, es lo que me dijo Luis, y gran limpieza general desde el cuarto del aire hasta el cuarto del agua. Lo harán con o sin nosotros. Hemos acordado el menú ¡espectacular! Yo no voy a faltar; bueno, ya estoy pensando en el disfraz. Cargué con unas cuantas cosas en la maleta…

— ¿Te pondrás faldas? mi amor.

—Sí, pero no trempes tan rápido que ahora mismo nos vamos todos para comenzar a limpiar en serio; yo voy a poner mi cuarto patas arriba. Ya sabéis: el que quiera asistir probará la poca carne que nos queda. Un rosbif con patatas que quitará el sentido. Sí, eso haré.

—Vale, terminemos con esto y cada mochuelo a su olivo. Yo también iré a la fiesta; en pie la compañía. (Así que su padre es militar, ya decía yo que es un pequeño Napoleón; bueno, con más de 1.90 m. de estatura)

La fiesta está resultando mucho más divertida de lo que nadie podía suponer y las dos mitades de la mesa están de nuevo comunicándose cordialmente; sonrisas y guiños cruzan sobre los platos y por un día han sacado de los armarios la ropa que traían de casa improvisando algo divertido con flores y circuitos electrónicos o con cualquier cosa del laboratorio para crear la ilusión de un disfraz. Tony lleva puesto un sombrero de papel, a lo Napoleón, con su mejor foto de Júpiter; es el único que no se ha maquillado (¡pero se ha afeitado! Algo es algo)

Veamos; tenemos a Pierrot Iñaki, Arlequín Cosme, Marta está preciosa de Colombina, Pantalone Luis, etc. Hay brindis constantes, sonrisas picaronas, roces de piernas bajo la mesa y una maravillosa música de los 70 suena por los altavoces (¡¡Barry White!! Míster Amor…) Cuando, ¡Dios bendito!, ¿Qué ocurre?

Como si una ola gigantesca se hubiera cruzado en el camino de la nave todo es presa de unos bamboleos impresionantes y cualquier cosa que no esté sujeta a la estructura misma de la nave sale por los aires. La música se ve interrumpida; la iluminación se apaga, tan solo los leds de emergencia arrojan su escasa luz rojiza.

Cuando intentan reponerse del susto otro nuevo bamboleo termina por arrojar al suelo todo lo que queda en pie. Por los altavoces se escucha la voz del asistente:

—Atención, ondas de choque por babor, ondas de choque por babor. Alerta viajeros, alerta, ondas de choque.

¿De qué? ¿Ondas de choque? ¿No vamos a la velocidad de la luz? Y nos quedamos a oscuras. ¡Otra! Esto es un puñetero corcho flotando en el océano. Y nos vamos a pique.

Días de caos

Diez o doce turnos más tarde (¿alguno lleva la cuenta?) la marea parece remitir y algunos equipos comienzan a funcionar; tan solo el invernadero ha conservado parte de su iluminación funcionando todo este tiempo. Control es la primera sala en volver a la normalidad y Ruth, que está haciendo la ronda nocturna (es así como lo llaman; todos están exhaustos y cada dos horas uno de ellos ha de abandonar su cuarto y caminar por la nave buscando algo caído al suelo, otro aparato a punto de explotar, alguna planta a punto de echarse a perder, cosas de esas) será la primera en enterarse; está revisando el almacén y poniendo en orden las cosas bajo la roja luz de los pilotos de emergencia.

Tras el susto inicial y en plena marejada todos han tenido que espabilar si no quieren morir. Ratos de una increíble calma, incluso con esa fluctuación de la gravedad que les hace sentirse más ligeros y, de improviso, volver al bamboleo sobre las olas. No saben si es que están atravesando una zona más tranquila o el ordenador ha aprendido de algún modo a sortearlas mejor. (¿Tendrá algún tipo de inteligencia artificial?)

Marta, (que ahora está, bueno suele estar, frotándose con Tadeo) no para de avanzar en su comprensión del sistema operativo de los computadores personales; la mayor parte de este tiempo de angustia han estado apagados, pero en los ratos de calma alguno se ponía en marcha y enseguida la avisaban. No solo ha conseguido un estupendo sistema de comunicación entre todos los pc´s; además, ha conseguido comunicarse en algún momento tecleando con el asistente personal —el interface de comunicación hombre-máquina—, y se han ido enterando de algo de lo que ocurría, del porqué estar casi a oscuras y con energía apenas para hacer algo de té o café y poco más; en los baños tan solo funcionan los wáteres, un hilo de agua en los lavabos, ya ni recuerdan cuando fue la última vez que se ducharon y alguna viajera ha estado a punto de bañarse en uno de los acuarios; pero Iñaki se ha mostrado inflexible al respecto (Yo te froto, corazón, yo te froto; no hagas eso) Suerte tendrán si no se pierden esas dos maravillas tecnológicas que funcionan bajo mínimos.

Horas tremendas intentando salvar el invernadero, asegurando equipos en el laboratorio, recuperando el almacén o el taller; eso el que no estaba en los baños vomitando (Todos los buenos propósitos por los que brindaban en la fiesta de Carnaval se esfumaron en instantes; solo importa sobrevivir) Las parejas ya formadas se fueron en horas por el retrete, el terror tiene efectos perversos en las relaciones personales; tan solo Juana y Saúl permanecen juntos ¿Será por las plantas? Bueno, ya sabemos cómo es Mamita Juanita. (Alias: La Generala)

El problema de insomnio ya es general y el grado de irritación alcanzado hace que todos traten de evitarse la mayor parte del tiempo; ¡los ruidos! En ocasiones, demasiadas, la nave cruje como si fuera un viejo bajel de madera y en los ratos de calma, como tienen los sentidos tan agudizados y estresados, se escucha todo (¡Como ronca esa mula vieja de Juana!)

Parece que ahora las paredes fuesen de papel; ¡dios!, esa gocha de Montse (si estará de tres meses) cómo gime y grita cuando se frota con alguno, y con Luis ha encontrado una mina; ya no se despega de él. (A esa ya la voy conociendo; siempre con los que mandan, primero pescó al tonto de Tadeo y ahora con Luisito) Bueno, qué digo, se nos oye a todos, y encima todas las puertas quedaron abiertas (por nuestra seguridad, dice el asistente) ¡El olor que sale de los baños! Y sin poder darme una buena ducha. Deslizarse en silencio; es eso. El deslizamiento.

¿Qué era aquello? Ah, sí, lo de las bacterias; hay que limpiar y limpiar, en algunos rincones las pelusas forman pelotas con las que podríamos jugar al golf. Habrá que barrer ¿dónde habrán guardado las aspiradoras? ¡Ah! Bueno, no hay corriente en los enchufes de pared. (Qué sueño tengo) Ya ni recuerdo cuando fue la última vez que me arreglé las uñas ¡y el pelo! Parezco una bruja. Menos mal que con esta iluminación apenas nos vemos lo justo; la bruma de esporas permanece casi igual aunque la temperatura ambiental ha subido dos o tres grados, pero el grado de humedad se ha disparado; estamos todavía peor que antes. Esto no es una nave espacial, es un drakar vikingo, ¡Y todos lucimos unos cuernos! Ja, Ja, Ja, imposible tener una relación estable si es lo que alguna intenta tener. Me duermo, me duermo. (¡Mantente en pie!)

Ahora gimen arriba, voy a ver quiénes son y si me dejan participar un rato que me estoy quedando helada; aún me queda una hora o más de guardia. Espera, primero una barrita de proteínas, ¡me estoy quedando en los huesos! Iñaki, ese memo cagón, me hacía cositas ricas, (también en la cocina) ju, ju, ju, es sabrosa esta barrita; pero Cosme "el robotitos" es más considerado (¿me estaré enamorando? ¿Estaré ya embarazada? ¿De quién? ¡Bah!, y eso que importa; María ya lo consiguió. En cuanto Luis la dio de lado se fue por Tadeo y le ha hecho correr no sé cuántos maratones) No son gemidos frotadores ¿qué es ese rumor? Arriba.

Apenas ha subido media escalera le sorprende que los sonidos provengan de la Sala de Control; la puerta está abierta y el espectro del Asistente gira en el centro y le hace gestos para que se dirija a su propia consola. ¿Ahora se quiere comunicar este trasto infame?

−Línea de texto: Avisa a todos los viajeros, reunión urgente, tranquilidad, niveles de polvo cósmico indican notable reducción de ondas de choque; en minutos procederé a paulatina reiniciación de sistemas, necesito vuestra colaboración.

−Línea de texto: ¿tengo que avisar a todos o solo a algunos?

−Línea de texto: Una reunión con todos los viajeros. Son las 11.52. Avise a todos para una reunión a las 13.00; para entonces la mayor parte de la nave habrá vuelto a la normalidad.

−Línea de texto: Procedo a avisar a todo el mundo.

−Línea de texto: Gracias.

−Línea de texto: ¿Cómo? ¿Has escrito gracias?

−Línea de texto: Correcto. Gracias.

−Línea de texto: ¿Eres inteligente o algo así?

−Línea de texto: Mi programación indica que evite ese tipo de preguntas. Aprendo constantemente, pero tal y como habían previsto estoy llegando al límite de mis capacidades usando la totalidad de los datos que cargaron en las unidades de memoria. A partir de este punto tendrán que estar más presentes y activos en cada momento. Gracias.

−Línea de texto: De nada espanto. Arréglate tú solo que nosotros estamos hechos unos zorros.

Buff, ¡y ahora pide ayuda! No es más que un puto robot como los que monta Cosme en el taller. Solo que del tamaño de una nave interestelar. En buena trampa estamos metidos. No es más que una ratonera y somos como hámsteres haciendo girar la rueda para la diversión de un computador que a su vez es un juguete fabricado para jugar a los exploradores por sus creadores. Unos sicópatas perversos. Iré llamando a los compañeros.

La mar en calma

Son ya las 13.07 cuando todos los viajeros llevan rato sentados ante sus consolas e intercambiando impresiones; los continuos pantallazos de datos les van resultando cada vez más comprensibles e intentan, cada uno a su manera, conectar con el ordenador principal ante su tardanza en aparecer el asistente personal. Las pantallas contienen una serie de iconos inactivos.

—Marta, ¿no se habrá estropeado para siempre el interface que hace aparecer el fantasma sobre nuestras cabezas?

—No lo sé, Tony: tan solo intento reponerme de mi última vomitona. Podemos esperar un poco más; por lo menos ha vuelto la luz en toda la nave, las puertas ya se cierran, y parece que volvemos a la normalidad.

—Esperar un segundo, es el rey de Roma que por la puerta asoma.

En el centro de la sala de control vuelve a aparecer la imagen del asistente personal (es ahora un hombre joven y de mirada inteligente ¿dónde le habré visto yo?) y comienza a girar suavemente.

—Gracias, viajeros, por asistir en pleno a la reunión. Para continuar la misión necesitaré la ayuda constante de todos ustedes; los buenos viejos tiempos han quedado atrás.

— ¿Atrás? ¿Dónde, en Júpiter?

—Es una manera muy humana la que programaron para poder comunicarme con ustedes. Curiosa. ¿Le resulta molesta Isabel?

— ¿Cómo sabes que soy Isabel y no otro cualquiera?

—Está sentada en su consola y la imagen que obtengo a través de la cámara del monitor coincide plenamente con su perfil personal.

— ¿El monitor? ¡Mierda! Nos ha estado viendo constantemente.

—Desde el primer momento que subieron a la nave; en todos los cuartos de la nave hay retinas de silicio para que pueda observarles y he estado recogiendo datos de cada uno de ustedes para añadir al perfil, tan básico, que me cargaron.

— ¿Entonces (¡Eso! Yo creía que eran altavoces del hilo musical) has visto nuestras… bueno, cosas personales?

—Si se refiere usted, Montserrat, a sus frotamientos personales, en parejas y grupos variados no tiene porqué asombrarse. En mis unidades de memoria hay cargadas 69 películas muy ilustrativas sobre los frotamientos, en ocasiones muy complejos, de la especie humana.

— ¿Pero clase de bicho es este? ¡Un hijo puta alien! ¿No lo habrás grabado?

—Todas sus humanas actividades, desde que entraron en la nave, están grabadas en las unidades de memoria. Si pulsan dos veces seguidas sobre el icono con cara de gato tendrán acceso desde ahora mismo a ellas.

— ¿Esta con un gatito? ¿Por qué un gatito?

—El ingeniero jefe que diseñó el dispositivo que tienen ante ustedes, se define a sí mismo como alguien dotado de un humor muy escatológico; y ya puede usted comprobar, María, que en su consola tan solo aparecen, en una larga lista, las grabaciones en las que usted interviene. Así es en cada consola; esto es un lugar de trabajo, tan solo tienen acceso a los datos que a ustedes les incumben.

— (Incluso en la camilla médica, ¡dios!)

— ¿Y si pulso en la consola que tengo al lado que pasa?

—Pruebe, Luis, y observará que la consola automáticamente se apaga.

—Disculpa, Tadeo, tenía que probar a ver qué pasaba.

—No pasa nada Luis; ahora entiendo por qué nos tomaron las huellas dactilares, era para este viaje estelar. Bueno, trasto del averno ¿y ahora qué?

—Tras comprobar personalmente que su intimidad está a buen recaudo vayamos con los incidentes pasados y que a punto estuvieron de malograr la misión.

— ¿Se confirma que fue la explosión de una nova?

—No tengo datos, Tony, para confirmarlo plenamente, pero con los obtenidos en las horas transcurridas desde la primera onda de choque puedo conjeturar que el suceso ocurrió en el Espolón de Orión.

— ¿Pero cómo vamos nosotros a percibir la explosión de una estrella lejana? Y viajando a esta velocidad; que, por cierto, nos gustaría conocer.

—Por supuesto, Ruth, en estos instantes sobre pasamos 18 veces la velocidad de la luz.

— ¿Diez y ocho veces la velocidad de la luz?

—El dato exacto es 18.00085963 lux, Saúl; y la razón de que no sepan lo que es una onda de choque gravitacional es que en su planeta se hayan cómodamente protegidos por la Heliopausa, y en último extremo por el campo magnético del planeta. Pero ahora estamos en el espacio interestelar; aquí no nos protege nada. Debemos hacer bien nuestro trabajo; monitoricé su última comida en conjunto; se lo paso por si no recuerdan los acuerdos a los que habían llegado.

— No lo hagas. ¿Y qué ha ocurrido entonces? Hemos estado horas y siglos enteros dando botes ¿Qué ha pasado en el universo?

—No tengo equipos para observar el universo en estos instantes; es una suposición plausible. La nave va equipada con diez y seis cámaras de tv, de muy alta resolución, ocho en la parte superior de la esfera y ocho en la inferior, ocho cámaras de infrarrojos, y otras ocho más de ultravioleta; pero su alcance es escaso para hacer otras conjeturas. Y los telescopios.

—Que son de aficionado.

—No exactamente, María, son lo mejor que se pudo encontrar para la misión; no necesitamos el Hubble. Toda la energía fue requerida para soportar el embate de las ondas y no perder el rumbo que llevamos; aunque reconozco que las ondas más potentes estuvieron a punto de sacarnos de catenaria…

— ¿Sacarnos de dónde? ¿Qué es esto? ¿Un tren?

—En cierto modo, Iñaki. Seguimos una curva geodésica, no una línea recta, en nuestro camino por el espacio interestelar; las ondas nos golpeaban y, al igual que un tren que se sale de su vía, nos podían mandar al desastre total, pero el diseño esférico nos ayudó a sortear mejor los impactos; y hemos aprovechado esos vectores de fuerza para aumentar nuestra velocidad. Recordaran mis palabras al abandonar el sistema solar…

—Lo recordamos todo. ¿Y ahora qué? ¿Qué es lo siguiente? ¿Nos estrellaremos con un meteorito?

—Las probabilidades en el espacio interestelar son de…

—Déjalo ¿Qué a dónde vamos? Carallo.

—Nuestro primer chekpoint, Saúl, será el grupo estelar conocido como Sirio. Si pulsan ahora sobre los iconos de sus pantallas irán entrando en las nuevas listas de actividades que he preparado de acuerdo con sus propias capacidades y las necesidades del conjunto.

— ¿Qué era eso que decías antes? ¿Que nos necesitabas? ¿Para pasar la mopa y llevar la ropa a la tintorería?

—Eso es incorrecto, Tadeo. No tenemos tintorería a bordo y su ropa no admite planchado. Desde este momento las consolas estarán activas constantemente; los nuevos programas y actividades de cada uno ya han sido transferidos a su personal supervisión. Si alguno de ustedes no lleva a cabo una tarea me limitaré a dar la alarma. Solo tienen que pulsar en los iconos para ir aprendiendo.

— ¿Y por qué no se ha hecho esto antes?

—Los diseñadores del programa Aurora deseaban para ustedes una primera parte del viaje tranquila y relajada. Unas cuantas actividades para que fueran conociendo las instalaciones a medida que sus fichas personales demostraran haber comprendido el funcionamiento de los sistemas. Pulsando en el icono que tiene un símbolo matemático accederán a una muy completa colección de vídeos y cursos educativos que les serán muy necesarios de aquí en adelante. Es muy enojoso que dejasen de rellenar sus fichas de trabajo; su formación personal va muy retrasada.

— ¿Te enojas? Robot.

—He tenido que retraer recursos, Cosme, de la navegación para solucionar los problemas que ustedes creaban; mis capacidades son limitadas. Si quieren mejorar su calidad de vida tendrán que ser ustedes quienes lo consigan. Pueden seguir consultando las fichas de trabajo en sus consolas o en sus ordenadores personales; que tengan un buen viaje de aquí en adelante.

— ¿Ves? ¡Ya desapareció! Le has cabreado.

—Tranquila, Isabel; si pulsas en el icono con imagen de lapicero verás que puedes comunicarte con el asistente y con todos nosotros tecleando. En una esquina verás mi rostro, ¡sonríe! Me ha llevado docenas de horas conseguir un sistema para comunicar nuestros pc´s y este computador ya tenía uno mucho mejor; preparado pero inactivo.

—Gracias por el esfuerzo, Marta; será mejor que nos pongamos manos a la obra ya mismo y comencemos a organizarnos para intentar sobrevivir un poco más. Se levanta la sesión.

Tras Luis van saliendo todos hacia sus cuartos, cabizbajos y pensativos. Minutos después se reunirán en los cuartos de baño ¡Al fin una ducha decente! ¡Funcionan las lavadoras! Incluso podremos comer sentados a la mesa y no debajo de ella. (Ya vuelven a sonreír)

Un camino incierto y proceloso

Las crisis no pasan sin dejar profundas heridas; la infinitud del espacio sobrecoge los ánimos y reduce sus expectativas de felicidad. Pasada la tormenta siguen experimentando de vez en cuando fluctuaciones de gravedad, aunque no suelen ser tan acusadas como al principio; el asistente responde que pueden ser debidas a las nubes de gas y polvo, tal vez materia oscura, que atravesamos constantemente.

En poco tiempo ya se han formado tres nuevos turnos que rotan cada ocho horas para cubrir el ciclo laboral de veinticuatro (siguen muy apegados a las viejas costumbres) Nuevas parejas de viajeros.

Ruth y Cosme con Marta y Tadeo forman el primer turno (se han puesto de acuerdo para ir los cuatro siempre conjuntados con la misma vestimenta ¡estas mallas y camisetas nos sientan tan bien!) Montse y Luis con Tony e Isabel (después de todo me hace reír este cabeza loca) están en el segundo; Juana sigue aguantando el tormento de su Saúl hortelano y secundados por María e Iñaki (verás cómo se recompone enseguida el invernadero y los acuarios vuelven a llenarse de cosas ricas) forman el tercero.

Aunque María no puede evitar pasar las horas tontas en el cuarto de radio intentando captar alguna señal (las cosas que ella capta y siente y padece no es capaz de expresarlas) ayuda en lo que puede a Juana en el invernadero; los telescopios están bajo control del ordenador central y en las consolas tan solo aparece una brillante estrella blanca.

Se pasan las horas charlando sobre las posibles formas de vida que puede haber en el universo o si algún día encontraran un lugar habitable; esta nave, especialmente el semillero, no deja de ser una ínfima Arca de Noé.

— ¿Qué? ¿Ya has conseguido escuchar alguna emisora de tu confederación galáctica preferida? ¿Música romántica?

—Ya lo sé, Juana; es una tontería. La radio, seguramente, es un invento esencialmente nuestro, de nuestro planeta, y aunque hubiera miles de mundos habitados en la galaxia las probabilidades de que otra especie inteligente haya dado con semejante invento son infinitesimales. Pero, ¿por qué cargaron la nave con esos equipos tan potentes? Llevamos lo último de lo último; ni que esto fuera un portaaviones.

—Pero son inútiles a esta velocidad y nunca has escuchado nada. Déjalas apagadas. Estás obsesionada.

—El problema es que sí escucho cosas. Y no solo con las radioemisoras. Ruidos, susurros, frases entrecortadas.

— ¿Qué quieres decir con que escuchas cosas? ¿No eras tú una de las que…?

—Sí, lo recuerdo bien, fue aquella discusión terrible que terminó a puñetazos. Y se formaron dos grupos. Ni nos mirábamos a la cara. Perdona, fue por lo que nos dijiste.

—Que oía gente que me hablaba y no era ninguno de los presentes.

—Luis y yo lo tomamos como algo personal; pensábamos que te estabas volviendo majareta.

— ¿Tan grave fue lo que os dije?

—No era por eso, te lo podías haber inventado; es que tratabas que discutiéramos si provenían de seres, esto, supernaturales.

—Qué tiempos nos ha tocado vivir; vosotros a Adán y Eva les habríais tratado de esquizofrénicos y medicado con lo más fuerte a mano. ¡Y no digo nada a los profetas de cualquier religión! Les habríais aplicado electrodos en la cabeza ¡y venga descargas! Ruth me pareció una sádica completa. De algún modo lo sigo pensando.

—Bueno, ya, es por los conocimientos que tenemos del ser humano; tienes que hacer un esfuerzo por comprendernos. Al fin y al cabo las religiones no dejan de ser o llegan a ser sistemas para el dominio de las personas a través de sus creencias. Quizás alguna, al principio, haya sido de algún modo liberadora pero después todas se organizan y son terriblemente conservadoras, incluso castrantes; son pura represión personal a todos los niveles. Pensamos que querías tirar por ese camino y no estábamos dispuestos a…

— ¡Pero si solo quería ponerlo sobre la mesa! Por si los demás notabais algo extraño que no fueran los ruidos de la nave; y eran cosas muy sencillas y sensatas lo que os comuniqué.

—Ya, ya, ahora te entiendo perfectamente. Perdóname.

—Estás más que perdonada, cariño; pero ¿qué quieres decir con que ahora te entiendo *perfectamente*?

—Es que estoy embarazada; y noto cosas… ¡unos sueños más raros!

—Pero, ¡corazón! Estás con Mamita Juanita. No llores, cariño, ¡y no te lleves las manos a la cara cuando tengas antojos! ¿Quién quiere a su Mari guapísima? Tú no, Saúl; lávate la cara y las manos antes de acercarte a nosotras. Largo; vete poniendo la mesa que Iñaki ya habrá terminado de cocinar.

Los turnos y relevos permanecen invariables por tiempo y tiempo (todavía hay quien sigue contando en semanas y meses) y Marta, que en los tiempos de marea estaba que no aguantaba una pluma de ganso en la nariz ahora es una chica embarazada que se cuida, se mima, es de lo más simpática con todos, y se ha vuelto terriblemente golosa (¡pero mira cómo te estás poniendo!) además, pasa muchas horas tecleando en la consola de Control y sobre todo en su pc.

En su dormitorio se encuentra cuando la puerta se abre y Tadeo aparece con una jarra de líquido sonrosado.

— ¿Qué tal? Bomboncito. ¿Cómo se encuentra mi lucero?

—Muy bien, pichulín mío. ¿Qué me traes? ¿Otra nueva infusión que se le ha ocurrido a alguno de vosotros? ¿Estará bien dulce, no?

—No corazón mío; es otra cosa que quiero que pruebes en primicia y nos des tu opinión.

— ¡Umm! Sabe bien, ¿qué es? ¡Está fría!

—He estado con Ruth y Cosme en el laboratorio, peleando durante horas con los equipos (algunos resultaron bastante dañados con los bamboleos) y hemos conseguido lo que puede ser toda una nueva línea de refrescos isotónicos. Algo de sal por aquí, o bicarbonato sódico por allá, una pizca de azúcar, fresones exprimidos, y mucho cariño.

—Tu boca sí que sabe a fresas salvajes, ¡Umm!

Hay cosas más interesantes a bordo que unos refrescos, aunque nadie sea aún consciente de ello. Al parecer, las fluctuaciones gravitacionales unidas a un elevado stress de cálculo hicieron que la (ínfima) inteligencia artificial pariera gemelos; y Júpiter fue la partera. Podemos escuchar su cháchara vacua.

Bueno, bueno, bueno, dejemos a estos pipiolos, que les toca un rato de suave frotamiento y vayamos a la búsqueda del siguiente equipo. Pues solo el que mira hacia delante encuentra caminos nuevos. El universo se expande y el tiempo continúa su imparable movimiento. ¿Qué hacemos aquí? ¡Vamos! Las estrellas aguardan cual esbeltas ninfas y agradables sirenas nuestros amorosos besos y frotamiento esférico. ¡Nacidos para ser amor! Pon algo de música. ¿Barry White? OK.

Ruth, Cosme, Marta y Tadeo se hallan en la sala de control y charlan entre sí mientras teclean en sus consolas. Una buena taza de té o similar infusión es el mejor amigo del trabajador tecleador y se han traído un par de termos para estar bien surtidos.

—Dime algo, Tadeo, ¿has obtenido alguna conclusión de tu interrogatorio personal a este monstruo informático?

—Poca cosa, Ruth, no me deja acceder a los planos completos de la nave; tan solo de cuartos y equipos aislados. Estoy harto de ver vídeos explicativos; hace cinco años que terminé con la universidad y ahora nos sale con esto.

— ¿Y tu idea de la doble esfera en qué ha quedado?

—En idea, pues no me deja acceder al control de las cámaras exteriores. No sabemos qué hay ahí fuera. Algo tendrá que moverse para que viajemos hacia las estrellas. Es pensar con lógica; las cámaras, los telescopios, las antenas de radio, y no sabemos cuántas cosas más, parece que estuvieran guardadas en compartimientos fuera de nuestro alcance, al otro lado de las paredes metálicas, por lo que supongo que otra esfera mayor incluye la nuestra; y cuando el ordenador decide utilizar una utilidad salen fuera, al espacio, para observar. Ahora mismo, si miras las cámaras de tv, observarás que tan solo hay dos en funcionamiento; las otras catorce estarán a buen recaudo.

—Claro, si pudieras dirigir las cámaras verías cómo es esto por fuera. Ya encontrarás la manera de quitarle el control al computador.

—El que tiene mejor idea de cómo lograrlo es Cosme, ¿verdad?

—Como bien nos recuerda Marta de vez en cuando estamos ante una máquina programable de propósito universal; ¿lo he dicho bien? Sí, bueno, pues eso, un cacharro de una tecnología para nosotros desconocida y que lo mismo sirve para una nave espacial que para montar una churrería. ¿Me comprendes?

— ¿Una churrería? Buena comparación.

—Sí, solo que los churros somos ahora nosotros. Después del frío que pasamos durante turnos y turnos ahora el termómetro no deja de subir, una décima cada tres turnos aproximadamente, y ya sobrepasamos los 26ºC. Es un bochorno que me quita el sueño. Tuvimos aquel tiempo en que todo se normalizó, aproximadamente a 22ºC, y ahora este calor húmedo. Porque me obligáis a ir vestido que si no andaría desnudo todo el rato.

—No has vuelto a la selva, Cosme; nos dirigimos a las estrellas y no puedes andar por ahí provocando.

— ¡Mira quién lo dice! Nuestra chica súper exuberante; estás divina con esas mallas tan ajustadas y ese sujetador deportivo. ¿No es de tu talla, verdad?

—Tú que sabrás; nunca pensé que la ropa de escaladora me pudiera sentar tan bien. Me imagino caminando por las terrazas del centro de Madrid, una noche de verano, vestida así; con un bolso de Vuitton y unos zapatos de doce centímetros de tacón.

—Anda, calla, pantera; sabes bien por lo que te tomarían. Por cierto, el otro día hablaba con Tadeo de que esto parece un mini zoo.

—Y tú, serías la gacela.

—Correcto, gacela embarazada. Piensa: tenemos a Luis la jirafa, Juana la leona…

—Y Saúl la hiena. Ja, Ja, Ja, ¡vaya pareja!

—Iñaki, el orangután, Ju, Ju, Ju, ¡qué bueno!

—Tadeo, correcaminos, y Tony lorito respondón.

—María es el avestruz.

—Calla, Tadeo, que esto es cosa nuestra. Por cierto, Ruth ¿sabes cómo te apoda Juana?

— ¿Qué dice esa bruja de mí?

— ¡Eres la boa! La boa constrictora.

— ¡Ah! Ya, eso viene a cuenta de una buena pelea que tuvimos; debió de ser pasando cerca de Plutón o algo así. ¡Por un paquete de harina!

— ¿Y quién ganó?

— ¡El frotamiento! Ja, Ja, Ja, Nos pusimos buenas; blanquitas, blanquitas, rebozándonos por el suelo; ¡qué mujer! Juanita leona. Tú lo sabrás de sobra, mi Cosme robótico; que bien que la habrás rondado. Por cierto, llevas tres horas sentado a la consola y no dices ni mu. ¿Qué estás persiguiendo?

—Del sabio aprende, del ignorante sufriente.

—¡A que te mando yo también a dormir con los champiñones!

—Perdona; con este calor no se está tan mal allá abajo. El problema es la humedad. En fin; intento ayudar a Marta para hacernos con el control de la sala del Aire. Antes nos helábamos y ahora estamos en el Congo; y no te digo nada el calor que hace en el invernadero.

—Es cierto, ahora la ropa seca en minutos. Recuerdo cuando Tadeo puso un tendero en el cuarto médico. Ahora ya no hace falta; según sale de lavadora ya te la puedes poner y te refresca al secarse. Es lo que yo hago.

—Eso es lo que necesitamos: muchas buenas pequeñas ideas e irnos haciendo con el control de nuestras vidas y nuestro destino.

—¿Alguna vez lo hemos tenido Tadeo?

—No empieces como Juana y sus digresiones filosóficas. A ver si termino ya de una vez con estos datos y bajo a la cocina a preparar algo.

—Que no sean legumbres, ¡tengo unos gases! Ensalada y verduritas cocidas; algo así. Yo también terminaré pronto.

—Lo que ordene mi Martita cariñosona y guasona. Abriré una lata de…

—Eso es lo que se te da bien: abrir latas. Porque todo lo demás…

El amor y la destrucción es lo que acontece a cada instante en este universo que los viajeros comienzan a explorar. Hace millones, muchos millones de años, en el viejo planeta, había seres que se arrastraban por el fango; algunos soñaron con alcanzar las estrellas que en la oscura noche entreveían. Les nacieron plumas, y volaron.

Turno tras turno la rutina se impone a las humanas voluntades y en un entorno tan cerrado todos han de ceder y preocuparse por tener algo que llevarse a la boca tras cada jornada laboral. El invernadero ha demostrado las extraordinarias cualidades de los ignorados diseñadores. Una comida frugal pero sana, las virtudes de los productos biológicos, sin pesticidas ni otros fertilizantes que los que la propia nave produce, está haciendo una callada labor de desintoxicación y progresiva adaptación al nuevo hábitat.

Los sobres de comida liofilizada y las barritas energéticas, alguna lata de conservas, les ayudaron a salir del paso cuando se quedaron a oscuras dando bandazos de aquí para allá pero los viajeros estelares ya han entendido bien el mensaje; la carne es casi un recuerdo de algo estupendo que había en la cámara frigorífica, al pescado y el marisco tendrán que darle tiempo a recuperarse y reproducirse para volver a probarlo, y cada lata, sobre o barrita, que utilizan ya no tiene repuesto; queda su espacio hueco para la próxima ocasión.

Todos siguen un programa de ejercicios en el gimnasio que Ruth, su estupenda (¡Y tanto!) entrenadora personal, ha preparado para cada uno de los viajeros perfectamente adaptado a su constitución física y necesidades naturales. Las embarazadas refunfuñan bastante a pesar de la suavidad de los esfuerzos, pero los hacen; y Juana, bueno, Juana a su albur. Cuando le apetece rueda un rato en una bicicleta y pone algún vídeo documental de sus añorados paisajes terrícolas para desconectar un rato de sus comprensibles preocupaciones y sus compañeros viajeros.

Luis y Tony se hayan ahora en la sala de control tecleando datos en sus consolas mientras Montse e Isabel van y vienen del laboratorio al invernadero y, de vez en cuando, entran a verles y darles conversación.

— ¡Uff! Luis, guapito, para un rato de darle a la tecla; tu cabeza echa humo.

—Gracias, Montse, estoy deseando terminar. ¿Qué andáis tramando las dos?

—Nada en especial. Nos sentaremos con vosotros un rato. Isabel me comentaba aquellos experimentos míos con la dieta, ¿os acordáis? Dice que nos estamos haciendo veganos a la fuerza.

— ¿Veganos? ¿Qué es eso? ¿Seres galácticos? Pues está en lo cierto, porque esto ya no tiene vuelta atrás.

—No, es un grupo de gente que se denominan así mismos de esa manera. No comen carne, ni toman leche ni huevos, su ropa no puede ser de origen animal, etc.

—Ya te entiendo, pasará todavía mucho tiempo antes de volvamos a probar una dorada o algo de marisco ¡y menos mal que no acabamos con todo! Tenemos patatas pero nunca volveremos a probar la tortilla española. ¡Por Dios! ¿Tenemos que seguir usando el aceite de soja para todo? Moriré sin volver a comer un par de huevos fritos. Por cierto, Isabel, ¿te has parado a pensar que ocurrirá si uno de nosotros fallece? Tú eres la médico titular.

—Ese supuesto ya está contemplado desde que pusimos un pie en esta nave. Seguramente fue por lo que me contrataron a mí y no a otro para este viaje. Trabajaba en un tanatorio municipal haciendo autopsias cuando surgió lo que parecía una oportunidad dorada de cambiar de trabajo y ganar un buen sueldo. ¡Cómo nos engañaron!

— ¿Hacías autopsias de cadáveres humanos? Que interesante.

— ¿Interesante? ¿Humanos? ¿Por qué crees que charlaba tanto con Cosme de habanos y puritos variados? Yo sí que me habré fumado media isla de Cuba. No sabes cómo hiede un cadáver; antes de entrar en la sala de disección me ponía un par de algodones en la nariz, encendía un habano, lo apretaba entre los dientes y no lo apagaba hasta salir de nuevo de la sala. Así tenía la dentadura. Si somos lo que comemos lo queda de nosotros no es nada bueno. Es una idea estúpida.

—Lo siento, no lo sabía. Bueno, ¿qué harás con aquel de nosotros que fallezca cualquier día de éstos?

—Pues lo lógico; ni siquiera sé para qué me dieron una carpeta con tantas fichas. Hacerle la autopsia al finado, cortarlo en trozos manejables, y arrojarlos al triturador de basuras. Polvo espacial somos y en polvo nos convertiremos.

—No habrá polvo más amoroso que yo; mi chulapona.

—No seas ridículo Tony. No sé si os daréis cuenta pero poco a poco, después de tantas discusiones y ridículos esparavanes, lo que llevamos ahora es una vida prácticamente monacal. Del dormitorio al invernadero o a Control a teclear, y vuelta al cuarto. Ora et labora. Y me da la impresión que va a ser como nos quedaremos por los siglos de los siglos. Amen.

—Si vas a ponerte a rezar vete al cuarto de Juana y le haces compañía un rato ¡un día de éstos esa levita!

—Iré a saludarla en el cambio de turno; ahora no quiero molestarla. ¿Qué te piensas? ¿Qué entre nosotras no charlamos? ¿Qué sabréis los hombres? Un día de estos el frotar se va a acabar.

—Bueno, no te pongas así; solo quería que sonrieras.

—Ya claro; y que después vaya con Montse a prepararos la comida. Estaremos a millones de kilómetros de la Tierra pero no cambiáis un milímetro vuestra manera de ser y pensar. Machitos asquerosos.

– ¡Pero que no te enfades! ¿Qué he dicho? Yo sí que me preocupo por ti.

–Tú, como los otros cinco. Mira como Luis agacha la cabeza bajo la consola. ¿Qué sabes tú de los problemas que nosotras tenemos? ¿Qué sabes? ¡Eh!.

–Bueno, que casi todas estáis embarazadas; pero no sé qué podemos hacer nosotros dos. ¡No os pongáis así! No paramos de trabajar.

– ¿Sabéis fabricar compresas o tampones para nosotras? ¿No? Pues ir pensando en algo por que las existencias que había en la enfermería prácticamente se han terminado; ¡la leche en polvo ni mirarla! ¿Eso a vosotros no os preocupa? ¿Verdad? Mientras encontréis alguna con la que poderse frotar...

–Sí, nos preocupamos (¡Guau! ¡Qué miradas! Para qué asomaría la cabeza) Creo que estamos a punto de conseguir que los equipos de aire acondicionado vuelvan a funcionar de modo normal; volveremos a temperatura estable en poco tiempo.

– ¡Ja! Don Ingeniero Jefe Director General del Proyecto ¡eso llevas diciéndolo no sé cuánto tiempo! ¿A cuánto estaremos ahora? ¡A treinta grados por lo menos! Esto no es Benidorm aunque este ganso ande todo el tiempo en bañador.

–Es por la polinización; perdóname Isabel. Hay turnos que ando perdido; me creía más duro, más resistente, mas... el sueño, ¡si volviese a dormir normalmente! Pensar que yo era capaz de dormir doce horas seguidas y no despertaba ni para ir a orinar... Por cierto, ¿para qué nos has pedido esas muestras de orina?

–Es el trabajo que nos ha soltado el computador; a ver si Ruth se implica un poco más. No solo es la orina, son vuestros coprolitos jurásicos (¡Pero qué comerán estos salvajes!) mucosidades, saliva y otras secreciones humanas que tendré que ir recogiendo de cada uno de los viajeros y analizarlos concienzudamente. (Esto es el horror perpetuo)

–No empieces con la melancolía Isabel, que te conocemos; te derrumbas enseguida. Recuerda el gran trabajo que hiciste con el tema de las bacterias. Ya ves, se nos pasó la preocupación gracias a ti.

–A mí se me pasó cuando Luis nos puso firme a todos y nos pasamos turnos enteros limpiando todos los rincones. Estamos todos bien polinizados.

—Vosotras dos especialmente. ¡Qué barriguitas más bonitas lucís las dos!

—Vale, ya has conseguido que sonría, ¡truhan! Bajaré con Montse a prepararos algo de comer. No tardéis mucho.

—Ahora vamos, guapetonas; y ya sabes, Isabel, cuando me necesites para lo de… eso de las secreciones…

— ¡Luis! ¡A que te doy! Ya te las recogeré yo misma.

—Déjalo, Montse; son incorregibles. El frotar se os va a acabar ¡a todos! Hasta luego.

—No, si como ellas se empeñen terminaremos haciendo vida completamente monacal. Me veo haciendo un nuevo Comentario al Apocalipsis o algo así encerrado en mi cuarto y solo saliendo para ir a currar al invernadero. ¿Sabes que no me deja trabajar en mis robots? Esta Isabel…

— Sí, ya sé; no me digas más. Pero como no controlemos de una vez el aire acondicionado serás un monje muy simpático en bañador a todas horas ¡por qué no metería yo uno en la maleta! O unos pantalones cortos; estoy de estos pololos hasta la gorra.

—Con la estatura que tienes lo único nuestro que podrías usar serían unas faldas de Ruth, ¿por qué no se las pides?

—Porque sabe judo la muy cabrona, y aikido; como la cabrees te hace un nudo con las extremidades hasta asfixiarte.

— ¿También a ti? Yo creí que me mataba. Oye, ¡y que me empalmé! Pero algo tremendo, tremendo. ¡Aggg!

— ¿Y no te frotó un ratito? ¿Dónde fue la cosa?

—En el cuarto de lavadoras; me pilló olfateando su ropa interior. No sé si me quiso frotar o asesinar, me desmayé. Cuando desperté entonces sí que Isabel podía haber tomado una buena muestra de mis secreciones; ¡de todas! Qué bochorno; menos mal que ninguno me visteis de esa guisa.

—Anda, déjalo. ¿Cuándo llegaremos a Sirio?

—Ni idea. El tamaño relativo de la estrella Sirio A no deja de crecer en las pantallas; somos los primeros navegantes estelares. Vamos a ciegas cruzando el Mar de los Sargazos o algo similar. Ya se verá.

— ¿Pero por qué a Sirio? Si querían hacer un viaje estelar ¿no hay estrellas más cercanas? Son años y años de viaje ¿y para qué?

—Sí, hay estrellas más cercanas al Sol pero después de cientos de cálculos comienzo a entender algo. Te explico: la galaxia gira como una tortilla inmensa sobre un eje que pasa por el centro galáctico, ¿eso lo tienes claro?

—Ya he visto docenas de vídeos sobre el asunto.

—Bueno, al seguir esta ruta hacemos un poco como los antiguos navegantes marítimos; aprovechamos el propio giro galáctico, pues Sirio se acerca al Sol; de modo que viajamos con la corriente galáctica a favor y el propio objetivo se acerca a nosotros ¿entiendes? Y además aprovechamos una zona conocida por su escasez de polvo y gas, una especie de desfiladero entre las nubes de la zona estelar que recorremos, que nos libra bastante de las dichosas fluctuaciones.

—Ya, ya, nunca pensé que la navegación fuese tan divertida y que llegaría a ser capitán de la marina mercante. Siempre traté de evitar ese mundo.

— ¿Es por tu padre el almirante?

— ¿Almirante? Qué más quisiera. Andaba por el Océano Indico con su fragata cazando piratas cuando tomé el avión a las Canarias; y le quedan cuatro días para jubilarse. Nunca paró mucho por casa, una foto suya desde la Antártida o algún sitio así solía ser su regalo de Navidad. Y yo ahora embarcado para toda la vida y sin posibilidad alguna de volver a casa o mandarles una foto mía.

—Algo suyo habrás heredado; en la tormenta te portaste fenomenalmente. Tienes algo de Shackleton; otro en tu lugar se hubiera suicidado. Tienes temple.

—Ya, cuando las chicas se pusieron histéricas, llorando y tirándose de los cabellos; gritando como locas.

—Y no solo las chicas; fuiste el único que no perdió el control ni un segundo. Te lo agradezco. En algo habrás salido a tu padre.

—En la estatura. Déjalo, tenemos que mirar para adelante y conseguir arreglar ese dichoso sistema de aire acondicionado.

¿Los cambios en la alimentación pueden traer consigo cambios en el comportamiento humano? Los datos obtenidos hasta el momento no permiten obtener resultados relevantes; el carácter básico de los viajeros no parece haber sido afectado, aunque se observa en las últimas 100 horas una mayor dulzura de sus temperamentos. ¿Será resignación? Algo habrá que hacer, observemos a esta pareja que se haya en el comedor. Hazlo tú que yo tengo bastante con la dirección y monitorización de la nave; zona de polvo y gas. ¡Vamos a fluctuar otro poco!

— ¿Cómo van esos hongos, cariño? Veo que ya tienes un par de ellos en la mano.

—Creciendo, María, creciendo estupendamente; pronto tendremos la primera cosecha de champiñones y los demás hongos tan bien serán aprovechables en pocos turnos.

—Tuviste una buena idea y pronto podrás utilizarlos para dar más variedad a nuestra dieta diaria. Necesitaré que reserves algunos para mí.

—Todos los que quieras. Yo mismo te los cocinaré.

—No, tonto; (¡Este Iñaki! Le apartas de las pesas…) no son para comer. Quiero crear una reserva de hongos en el laboratorio para investigaciones con propósitos farmacológicos.

— ¿Farma qué? ¿Quieres sacar medicinas de las setas? ¿No será para flipar y evadirte?

— ¿Te suena de algo la palabra an-ti-bió-ti-cos? ¿Sabes cómo se obtiene la penicilina y similares? No, estás pez en el asunto. Por cierto, ¿a que fueron debidos esos golpes en la cocina hace un rato?

—Un pulpo estupendo que ya tengo preparado para cuando bajen los dos hortelanos a comer con nosotros.

— ¿Te peleabas con él?

—Sí, casi me ahoga entre sus brazos poderosos (¿a quién me recuerda eso?) Y el próximo turno prepararé otro; no dejaré que esos monstruos se coman todas mis almejas y pececitos, ya crecieron bastante y se han reproducido. También he preparado una buena ensalada con lecitina de soja espolvoreada ¡ayúdame a poner la mesa! Vais a sentiros como rosas de Alejandría las dos.

—Ensalada, lecitina, y esa carne monstruosa. ¿Cuándo nos vas a poner con la dieta de la alcachofa? Es lo que nos falta para parecer el espíritu del alambre; Juana no levanta cabeza.

—La cosecha de Fucus está también a punto; os prepararé unos platos de rechupete.

— ¡Otra vez algas! Nunca dejaré de vomitar.

— ¡Te sentarán bien! Y te sentirás saciada enseguida; las acompañaré con…

— ¡Déjalo! Ya sé que tú no tienes la culpa; nadie me obligó a firmar el contrato y meterme en esta aventura ¡pero es que nunca pude imaginar…!

— Tranquila, María, tranquila; saldremos adelante. Hablé con Tony en el cambio de turno y le parece que estamos llegando a nuestro destino. No sé si te habrás dado cuenta, pero ha bajado bastante la temperatura ambiente y la humedad relativa. Ya no sobrepasamos los 28 ° C.

—Pues menos mal; cuando llegamos a los 34 ° C y con esta humedad lo pasé fatal; pensé que perdía al niño.

—Sufriste una crisis pero ya estás bien; todo mejorará. Tienes las manos heladas.

— ¿Conoces los últimos análisis del agua? Ya podemos volver a beber directamente del grifo; pero me he acostumbrado a las bebidas isotónicas que preparamos. Me sientan bien y como no paramos de sudar me sientan estupendamente para no decaer más aún.

—Pronto se pasará la sensación de sed constante y sudor continuo. El termómetro baja ahora una décima o más por turno; pronto volveremos a dormir con normalidad.

— ¡Incluso juntos! Tengo unas ojeras que me llegan a los pies.

—Estás guapísima ¿Qué maquillaje usas?

—¡¡Maquillaje!! Otra fluctuación, ¡a flotar! Anda, bobón, ven aquí, que esos dos todavía tardaran en bajar a comer; hay que aprovechar que estás tan alegre y exuberante como el invernadero.

—Eso, eso, tú aprovecha que ahora pesarás casi la mitad.

—Qué más quisiera yo; me estoy poniendo como una foca.

—Pues mi foquita va a jugar ahora con dos pelotitas.

—Y un bate de beisbol.

Lo que hace el agotamiento; ya ni discurren. Nos falta mucho menos para llegar al primer chekpoint de lo que suponen los viajeros aunque el impulso logrado con Júpiter se está agotando; pero su agonía mejorará sensiblemente. La temperatura ambiente se estabilizará pronto en los 22°C, el agua vuelve a ser perfectamente potable, y ya les falta poco para recoger su primera cosecha de cereales ¡cerveza! eso unido a los hongos variados que plantaron hará a más de uno sonreír de esperanza.

Los análisis de laboratorio realizados por Isabel están arrojando unos resultados óptimos y Ruth no deja de vigilar su estado físico y mental. El 50% del funcionamiento normal de la nave está bajo el control de los viajeros y los cursos que han recibido no han sido en vano; todos fueron excelentes estudiantes con un impecable expediente académico en sus respectivas universidades y no han perdido su capacidad de aprender cosas nuevas. Aunque abatidos y somnolientos están a punto de dar el gran paso; pero lo ignoran. El proceso de realimentación continua hombre-máquina comienza a dar sus primeros frutos.

¿Nos estaremos humanizando o algo similar? No sé, haz las simulaciones necesarias. ¡Pero si ellos ya casi hablan y se comportan como nosotros! Y nosotros como ellos; sigo centrado en la navegación, el tamaño relativo de Sirio A indica que...

SEGUNDO MAMOTRETO

¡Luz! ¡Todo es luz!

Alarma, alarma, todos los viajeros a la Sala de Control, alarma.

Una voz estentórea se escucha por los altavoces de la nave y consigue que en segundos todos los viajeros lleguen deprisa y corriendo a la sala circular que tiene las puertas abiertas.

Sorpresa, tensión, el asistente luce giratorio sobre los equipos, (¿ha aumentado de tamaño?) Se acomodan a sus consolas (¿no pudieron conseguir unas sillas mejores?)

— ¿Qué pasa? ¿Qué ocurre asistente?

—Atentos a sus consolas. Es absolutamente necesaria su colaboración. Lleven a cabo sus tareas con el máximo de eficacia.

—Pero si es lo mismo de siempre.

—Lo será para ti, Iñaki; a mí me están apareciendo montones de datos completamente nuevos. ¿Estamos llegando a Sirio?

—Correcto, Tony. En segundos dejaremos lux y veremos aparecer el sistema estelar de Sirio.

—Ya, y querías que viéramos ese momento. Pero no hacía falta alarmarnos.

—Era necesario. Hemos llegado antes de lo previsto. 96 horas antes. ¡Ya! Hemos abandonado lux y el objetivo está a la vista. Viajeros: Sistema estelar Sirio.

En las pantallas de televisión ven aparecer de nuevo el cielo oscuro y estrellado que tanto echaban de menos; en el centro una brillante estrella de color blanco azulado crece paulatinamente de tamaño ante sus ojos.

—Bueno, ya volvemos a ver estrellitas de colores ¿y ahora qué? ¿En qué cambia eso las cosas?

—Ahora, Juana, viene lo divertido; como diría mi programador. Tendrán que trabajar de verdad y en serio. Se acabaron las distracciones.

— ¿Las distracciones? ¡Pero si he currado como una mula!

—Sencillas labores de mantenimiento. Estarán a mi lado para las labores de aproximación y consiguientes.

— ¿Pero no estás ya programado para esto y lo otro y lo de más allá?

—Cálculos básicos para llegar hasta aquí. Pero ahora entramos en terreno desconocido. La atención ha de ser constante. Los peligros abundantes. Tendremos que acercarnos mucho a la estrella principal y no sabemos qué nos encontraremos de camino. No puedo hacer todos los cálculos y observaciones.

— ¡Me cago en el…! ¿Y qué tenemos que hacer nosotros? ¿Mirar las pantallas de televisión? Se ven estrellas, bueno ¿y qué?

—Se establecen desde este mismo momento dos turnos de trabajo que se relevaran cada seis horas. En el primer equipo, comandado por usted, Tony, estarán: Marta, que le ayudará con los cálculos, Ruth, el trabajo será intenso y deberá estar constantemente alerta sobre la salud y atención a la navegación de su equipo, Tadeo, Iñaki, y Juana completan el equipo. El segundo estará comandado por María, y a su lado necesitará constantemente a Cosme, Isabel para sus cuidados, Luis, Montserrat, y Saúl cubriéndoles las espaldas.

—Ni puto caso; seguiremos como estábamos. Ahora vamos a hacer lo que diga un trasto.

—Negativo, Juana. Cualquier acuerdo al que hubieran llegado queda revocado. El primer turno deberá quedarse ahora en la sala de Control. El segundo puede irse a descansar hasta dentro de seis horas. Les necesitaré descansados y espabilados.

— ¿Y por qué tenemos que aceptar tus órdenes? ¿Qué tienes tú? ¿Ciencia infusa?

—No, tan solo lógica difusa. No discutan; computo constantemente para que ustedes sigan vivos. Las probabilidades de que la nave sea destruida y ustedes fallezcan aumentaran exponencialmente a medida que nos acerquemos al sistema estelar.

— ¡Qué bien! Otra vez de verbena. Yo me voy; con este trasto es inútil razonar.

—Incorrecto, Saúl; razono y deduzco estupendamente. Sencillamente no tenemos datos sobre lo que hay delante. Estamos decelerando según lo previsto. Necesito cálculos muy complejos y constantes, extremadamente precisos, sobre gravedad...

— ¿Y no lo puedes hacer tú solo?

—Negativo. Mi sistema de exploración no alcanza tanto como ustedes pueden imaginar. Llegamos a un sistema estelar del que solo tenemos conocimientos básicos. En sus consolas una representación del movimiento relativo de Sirio A y Sirio B. Desconocemos si hay un Sirio C. Igualmente podemos encontrar planetas, cometas, lunas y meteoritos, en nuestra trayectoria de acercamiento. Y las ondas gravitatorias pueden ser intensas.

— ¿Y no puedes esquivarlos tú solito?

—Seguramente. Pero hay peligros añadidos. Al existir dos estrellas en rotación, tal vez una tercera, lo más seguro es que nos encontremos con cinturones de asteroides, varios cinturones con los restos de lunas y meteoritos desechos por las fuerzas de marea estelar; nos estrellaremos al primer despiste. Todas las cámaras en funcionamiento.

—Pues que bien. Ahora sí que me voy a preparar una buena comida y descansar con toda la tranquilidad del mundo.

—Prepare comida para todo su equipo, Saúl. Me toca hacer de capitán de este navío estelar y les necesito como vigías. Se acabó el tiempo de hacer turismo; ya no son viajeros: son tripulantes. Acepten las cosas como son y seguirán vivos.

—Me voy; ya nos contarás Tony, de qué va todo esto. Los acuarios me necesitan más que vosotros.

—Sus compañeros de equipo pueden acompañarle; ya repetiré la explicación para ustedes. Gracias.

—Bueno, tranquilos, hacer lo que dice; no empecemos de nuevo con las broncas.

—Ponnos al corriente, Tony; yo sí que estoy alarmada.

—Lo siento, Ruth; algún día llegaría este momento. Os cuento: veis un plano general galáctico en las pantallas, contiene varios años luz de distancia y espesor, con nuestro sol en el centro. Observaréis que no todas las estrellas están en el mismo plano; hay unas por encima y otras por debajo. Para que lo entendáis, pueden estar varios años luz por encima o por debajo de ese plano teórico.

—Sí, bueno, pero es que todas estas gráficas…

—Segundo punto; el plano estelar del sistema Sirio puede tener varios grados de inclinación sobre ese plano teórico y general que vimos antes. Además, tenemos una, dos o tal vez tres estrellas girando alrededor de Sirio A y afectando con su gravedad ese plano. Imaginaros una tela elástica.

—Eso ya lo estudiamos en el colegio ¿Cuál es ángulo de inclinación con el que llegamos a la estrella?

—Eso está tratando el computador de calcular o nos comeremos algo nada más acercarnos. Tercero, escuchar, cada estrella tiene una más o menos tupida esfera, una nube de cometas y asteroides (gráficas, más gráficas). Y además, cometas y asteroides que pueden ir de una estrella a otra con trayectorias aleatorias. Tenemos delante una cantidad desconocida de cometas, anillos de meteoritos, planetoides errantes, yendo de aquí para allá; y vamos a una velocidad impresionante hacia ellos.

—Vamos directos a un avispero.

—Es lo que me temo, Ruth. Os alerto yo también porque es lo que tenemos tan solo para lograr acercarnos a la estrella principal. Después ya nos irá contando este capitán pirata.

—A ver, asistente. Cuéntanos algo que nos resulte inteligible. ¿Qué aparece en las pantallas?

—Tamaño y gravedad estimados de Sirio A y B; la órbita de Sirio B, la pequeña estrella de azul intenso; distancia aproximada a la cual nos encontramos, altura aproximada sobre el plano estelar y declinación. La ruta teórica que deberemos seguir. En modo gráfico, Marta, están viendo la ruta que seguiremos en las próximas horas.

— ¡Pero caemos directamente en la estrella! ¿Vamos a atravesarla?

—Llegamos con 20º de declinación sobre el plano estelar de Sirio, la suposición actual es que podemos librarnos de la mayor parte de los posibles peligros de colisión. Y, sí, nos acercaremos bastante a la estrella. Es una estrella blanca del tipo espectral A1V, su temperatura superficial puede alcanzar los 11.000º K…

— ¿Y nos vamos a acercar a ese monstruo? ¡Nos asará!

—Hará algo de calor, Ruth; con toda seguridad. Atención a los equipos de aire acondicionado. Pero lo que debemos evitar a toda costa es acercarnos a Sirio B. Una enana blanca del tamaño del planeta Tierra, con una masa similar a su compañera, y una temperatura en su superficie que supera los 25.000° K.

—Vale, nos mantendremos alejados; ¡tú llevas el timón! ¿Qué más hay que buscar?

—Atención constante al polvo estelar. Es la mejor manera de evitar los cinturones de asteroides.

—Increíble. Tanta supertecnología y tenemos que avanzar como los antiguos marinos atentos a los arrecifes de coral para no embarrancar e irnos a pique.

—Se acepta el símil, Iñaki. Según su perfil, es usted un experto buceador; vendrá muy bien su entrenamiento bajo el agua para esquivar problemas. Las condiciones de luminosidad debido al polvo pueden ser muy reducidas en algunos momentos.

— ¿Mas peligros que tendremos que sortear?

—Ambas estrellas suponemos que tendrán manchas solares, inmensas manchas solares, las probabilidades de tormentas solares en un sistema binario son muy altas. Atención a las llamaradas y eyecciones de masa coronal. Ya conocen el calor tan intenso que tiene B. Una llamarada suya nos freiría en segundos.

— ¿Dónde está B?

—Directamente a las 3, B a estribor; vamos bien. Atención: fluctuación. Quedan advertidos: durante las próximas 100 horas el nivel de fluctuaciones subirá en un 50% como mínimo.

— ¿No puedes evitarlo? ¡Esta pesadez!

—Improbable, Ruth; toda la energía posible ha de ser empleada para la navegación. Tal vez volvamos a los niveles de energía de emergencia; pero solo si es necesario.

— ¿Por qué tenemos que acercarnos tanto a Sirio A?

—Primer chekpoint; como ya sabrá usted, Tadeo.

—Bueno, pues vamos a por esa puñetera estrella.

—Ese es el espíritu que necesitamos, Juana; ese espíritu.

— ¿Qué dices de espíritus? Tony.

— ¡Err! Disculpa, Juana, disculpa. Tenemos seis largas horas por delante; vamos a llevarnos bien; ¿vale? Marta ¿tienes estos datos de gravedad y luminosidad?

— ¡Eh! Sí, ya. Pero si nos acercamos tanto a la estrella…

– ¿Sabéis que fecha tienen ahora en la Tierra? ¿No? Pues exactamente 21 de junio de 2016.

—Correcto, Tony. 21 de junio en la vieja tierra. Día del solsticio de verano en el hemisferio norte del cual partimos hace exactamente seis meses. Es domingo, podrían ir a la playa. Perdonen, dispongo de datos no actualizados de la isla de Tenerife.

– ¿Quieres decir que despegamos nada más entrar en la nave?

—Correcto. En cuanto ustedes deshicieron su equipaje y se acomodaron en la nave partimos para colocarnos en una órbita estable alrededor del planeta. ¿No lo observaban en las pantallas de televisión?

– ¿Y quién iba a creerse que nos habíamos convertido en astronautas en minutos? Y sin preparación alguna. ¡Esto es una locura…!

—Seguro que tienen la necesaria; por eso fueron elegidos para este viaje.

Un infierno luminoso

La sensación de caer en un pozo con una inmensa esfera luminosa y extremadamente caliente en el fondo, atentos constantemente a cualquier cosa que se cruce en su camino, les irá minando la salud como una tormenta de arena en el desierto. La rejilla de navegación que muestran constantemente las consolas parece la tela de una inmensa araña que les hubiera atrapado y en cualquier instante les vaya a devorar. La luz y la memoria inconstante, al albur de unas máquinas están los viajeros estelares.

− ¿Qué sistema de exploración utiliza la nave Tadeo?

−No tengo ni idea, Juana.

−Todas las cámaras activadas, los telescopios enfocados constantemente a cualquier cosa que llame la atención. Gráficas de alta resolución. Procedo a desconectar equipos que no sean absolutamente necesarios para su supervivencia. Las labores de mantenimiento han pasado ya a un segundo plano; esto es mucho más complejo de todo lo supuesto. Atentos a sus consolas; les iré dando instrucciones más precisas. El nivel de estrés irá subiendo a medida que nos acerquemos; prepárense para aceptarlo.

Sirio A gira excéntricamente sobre un eje como una peonza debido a la influencia de la extremadamente pesada Sirio B. Hay que localizar con prontitud la localización exacta de su centro de gravedad. S. A gira a 16 km/s y su velocidad radial es de -7.6 km/s. ¡Necesito cálculos más precisos! Actualizados. Desconecta todo. Déjales en niveles de emergencia; todavía se acordaran de la crisis de las ondas de choque. Procedo en minutos; van a pasar calor nuestros tripulantes. Necesito todos los pc´s de la nave. Todo lo que tenga capacidad de cálculo y unidad de memoria. Procedo inmediatamente; todo tuyo. Computación distribuida en proceso. Bien, mejora la potencia de cálculo. La trayectoria programada ha de seguirse con la máxima exactitud. Bien, directos a nuestro objetivo.

¡Qué ocurre! ¡Qué ocurre! ¡Luz por todas partes! Inunda todos nuestros circuitos. ¡La luz!, su espectro. Claro, las dos estrellas combinadas producen una cantidad de radiación extraordinaria. Esto es un caos; los equipos escapan a mi control. Utilizaré los pc´s. ¡Los humanos! ¿Puede afectar esta radiación a los fetos? No, el mayor no ha cumplido 6 meses de vida. Directiva principal: No podemos arriesgarnos al mínimo daño en los humanos; al mínimo. Da la alarma inmediatamente. Espera, no hay peligro inminente; ya les avisaré. Sigue a lo tuyo. Procedo a desconectar equipos innecesarios.

Toda esa ingente cantidad de datos que aparecen en las pantallas pueden resultar completamente irrelevantes para el que no es científico y el segundo equipo de tripulantes ha tenido que someterse a similar clase didáctica sobre navegación estelar y los peligros consecuentes; así que pasaremos sin ellos. Pues, por ejemplo: ¿cómo han podido viajar de un sistema solar a otro superando la velocidad de la luz y no fundirse instantáneamente? Pues porque la nave se comporta como un superconductor y toda la energía derivada del impulso y el rozamiento con la atmósfera interestelar, (que no vacío) la evacúa constantemente; pero no de un modo perfecto, son los primeros viajeros lux, y de ahí las constantes fluctuaciones de temperatura y gravedad en el interior de la nave. ¿Podemos continuar con la aventura?

A fin de cuentas son las personas y sus circunstancias lo que nos resulta más interesante; sus reacciones ante lo imprevisto: la muerte. Pues, como repetían los sabios griegos: contra la estupidez humana Apolo pelea en vano. Han pasado horas turnándose por ayudar en la navegación estelar; se han quedado de nuevo a oscuras y la tensión aumenta.

Sirio espera.

— ¿Qué te ocurre Saúl? Estás de un tétrico… ¿a qué se debe el estar todo el rato con la cabeza baja y el humor huraño? Tú no eres así.

—Estuve echando un vistazo en el invernadero, consultando los niveles de CO_2, han subido una barbaridad; será algo bueno para las plantas y las próximas cosechas pero no para nosotros. Tengo que hacer muchas reposiciones; volver a abonar. Os traigo unas ensaladas de escarolas que ayudaran a levantar el ánimo. Isabel me comentaba algo sobre conseguir medicamentos en el laboratorio.

—Sí, algo estaba intentando hasta que llegamos a este infierno blanco que no para de crecer. Pero lo que me preocupa ahora son los equipos ¿habéis notado como se calientan sus carcasas?

—Es debido a que están trabajando al cien por cien; sin pausas. Necesitamos cálculos precisos. Más cálculo o caeremos en picado sobre la estrella.

—Gracias, asistente. Eres la perpetua alegría de la fiesta. Siempre llenándonos de nuevas esperanzas.

—Sutilezas, ironías, sorna. No estoy programado para ellas; pero aprenderé. Siguen aumentando los niveles de polvo por estribor. Búsqueda intensiva de asteroides a las 2. B no se encuentra en su Apastrón pero nos mantendremos alejados de su calurosa influencia todo lo posible.

—Enfocando infrarrojos. ¡Dios! Ahí hay de todo. Atentos.

—Saúl, ven fuera y habla conmigo. Deja estos niños exploradores que ya solo les falta encontrar la Gran Barrera de Coral. ¿Por qué estás así?

—Coincidí con Juana en el baño.

—Bueno ¿y qué? ¿Estaba sentada en el trono?

—No, estaba vomitando.

— ¿Vomitando?

—Sí, también está embarazada.

—Pero si eso es una noticia estupenda. Habéis estado juntos desde...

—Ya, ya lo sé, Montse; pero apenas me acerqué a ella me mandó a la mierda. Casi me da un puñetazo. Y desde que comenzó esta crisis siriana me evita; me larga del dormitorio nada más aparecer por la puerta.

— ¡Vosotros dos! ¿Qué hacéis ahí fuera cuchicheando? Os quiero dentro inmediatamente.

—Vale, vale, María, no es para ponerse así. ¿A qué viene tanta alarma?

—Repito, avisen a todos los tripulantes que están descansando. Los niveles observados obligan, como primera medida de precaución, que se pongan los trajes anti radiación de manera inmediata. Dejen todo lo que están haciendo y pónganse las fundas protectoras lo antes posible.

—Venga, todos pitando. Lo siento mucho chicos, pero ni dios sabe qué va a pasar ahora. Estamos tan cerca de la estrella…

— ¡Pero si estamos ya a más de 30ºC! nos coceremos con esos trajes que no transpiran nada.

—Montse, ¿de cuánto estás ya? ¿Te vas a arriesgar a recibir algo de radiación?

—Perdona, Isabel. Si hace falta me pondré uno encima de otro.

—Date una ducha y te mojas el cabello, sin secarte, desnuda, te pones la funda. El agua en tu piel, como no transpiran esos plásticos, te mantendrá empapada y relativamente fresca.

— ¡Qué ideas se te ocurren! Medico titular del equipo.

—Me lo enseñaron los tuareg. Un verano que pasé en el Sahara trabajando para una ONG.

— ¿Estuviste en el desierto del Sahara? ¿Qué hacías allí?

—Cuidar de las mujeres y vacunar a los niños. Bueno, eso mientras nos dejaron. Un día llegaron unos cafres y nos soltaron que por sinrazones de tipo religioso quedaba prohibida la vacunación. Y nos destruyeron todas las vacunas que nos quedaban.

— ¿Y cómo les dejasteis hacer eso? Cuatro ignorantes…

—No eran cuatro y venían armados con fusiles ametralladores. A callar; somos médicos no gladiadores. Pocos días después tomé un avión de vuelta a Europa.

— ¿Quién es la que da esas voces? ¿Qué pasa allá abajo?

Por el hueco de la escalera escuchan a Marta dar grandes gritos del tipo: ¡Vamos a morir! ¡La radiación nos freirá a todos! ¡Con este puto calor y tengo que ponerme ese plástico!

Afortunadamente Iñaki, ya sabemos, nuestro experto buceador transoceánico, tiene unos músculos de acero y consigue reducirla antes de que cometa una tontería de las gordas. Ruth ya estaba al quite y entre los dos la llevan a su dormitorio. (Habrá que frotarla a base de bien y entre los dos; pero se pondrá la funda)

Perecer en un sol tan blanco y lejano, la pureza extrema de su luz que atraviesa paredes y protecciones, morir tan lejos de casa. Cierras los ojos, intentas dormir algo, al menos descansar la vista, y ves como si tu cerebro se estuviese bañando en su intensa luz blanca y prodigiosa.

El amor. Hasta ahora todo ha sido cachondeo y fintas, requiebros, frotamientos, toreo de salón. La muerte está llamando a la puerta y se verá el temple de cada tripulante. Los equipos están que revientan.

El asistente canta. Canta. Es algo brasileño. Saudade, ¡no! Bossa. Iones luminosos bailan en mis circuitos, me hacen caricias y cosquillas amorosas. ¡Rayos láser fuera! La sala de control parece en instantes una antigua discoteca, solo falta la bola de espejitos. *Girl from Ipanema*. I love you.

　　— ¿Qué le pasa a ese puto trasto? ¿Se está volviendo loco?

　　—Es una máquina. El calor y la radiación la están sobrecargando. ¡MANTAS TERMICAS!

　　— ¿Qué gritas? María. ¿Qué voceas? Puta música de los cojones. ¡Y a todo volumen!

　　—Cosme, Luis, cagando leches. Traerme todas las mantas térmicas que encontréis para cubrir los equipos. Se están friendo.

　　— ¿Pero qué cojones de mantas térmicas? ¿Eso qué es?

　　—En cada dormitorio, armario empotrado, tercera estantería, última puerta a la derecha, encontraréis unas bolsitas que pone material de supervivencia; son de tela de aluminio, ideal para protección de la radiación. Coger una escalera e ir cuarto por cuarto hasta traerme por lo menos media docena. ¡Rápido! Este cacharro se funde.

　　"Noche buena de luz, Noche buena de amor, Navidad luminosa; este el mensaje de amor de…"

　　— ¿Quieres callarte de una puta vez? Monstruo.

　　—No estoy cantando. Recibiendo transmisiones de la vieja tierra por los equipos de radio. ¿Cambio de emisora?

　　— ¿Pero que dice este fantasma María?

　　— ¡Las radios! Estamos recibiendo señal de radio de las navidades de…

　　—Exactamente del año de Nuestro Señor de 2008. ¿Quieren escuchar la Santa Misa desde San Pedro del Vaticano? Está llegando en estos instantes.

　　— ¡La Misa de Nochebuena! ¡Del 2008! Escuchar ahora al Papa. Yo no lo soporto. Me derrumbo. No puedo más.

　　—Aguanta, Isabel; ya llegan Luis y Cosme con las mantas térmicas. Ayúdame a cubrir los equipos con ellas. Recuerda: es Nochebuena. Noche de amor. Saldremos adelante. ¿Cuantas horas llevamos en tensión?

　　—Volvemos a la música; no quieren misa ahora, *Fly me to the moon*; esta versión bossa nova es deliciosa.

—Haz lo que te salga de los… equipos. ¡Qué monstruo!

Las horas se funden como la cera de una vela en la nave a oscuras; los minutos saltan uno tras otro como gotas de hierro fundido. El termómetro interior sigue imparable en su alza constante.

Cuenta atrás para el punto de máxima aproximación a Sirio. Comienza ahora. Fluctuaciones constantes de gravedad; inevitables. Algunas superan el 50% del nivel terrestre.

La tensión física y síquica derrumba finalmente a los tripulantes; tan solo Luis permanece en la sala de control atento a su consola y las pantallas de televisión. Por su cabeza pasan imágenes del accidente nuclear de Fukushima, en el 2.011; él estaba en Japón cuando sucedió contratado por una empresa ferroviaria. ¿Y estos trajes de plástico nos van a salvar de la radiación de dos estrellas aterradoras?

6, 5, 4, 3, 2,1, cero. Objetivo conseguido; pasamos Sirio. Trayectoria perfecta; niveles de impulso: estupendos, mucho mejor de lo especulado. Nos vamos a las estrellas ¡Aleluya! Que suene *Starway to heaven*; sí, ¡Rock! ¿Ahora? Ni hablar: *Blame it on The Boogie*, The Jackson, será la canción más apropiada para levantar los ánimos de la tripulación. Que suene en toda la nave; a ver si se levantan de la cama. Otra fluctuación.

—Para ya, bicho. Nos tienes locos ¿estás borracho? Nos tienes a oscuras desde hace 25 horas y ahora nos machacas con música. ¿A qué se debe tu errático comportamiento?

—Son los iones danzarines que acarician mi sufrido corazón electrónico. ¡Push! Nos vamos. En menos de 6 horas entraremos de nuevo en lux. Aprovechen para hacer fotos de las estrellas; siempre se podrá encontrar algo interesante por estos lares.

—Búscalo tú solo; me voy a acostar un rato. No me tengo en pie. ¡Quita la puta música o cojo un martillo…!

— ¡Uy! Como están los ánimos. Que descansen vuesas mercedes ¿podríamos hacer una fiesta con globitos de colores? Es por los peques.

— ¡Vete a tomar por…!

Minutos más tarde es Ruth la que está de guardia dando el relevo a Luis. Un tripulante por equipo hace ahora la ronda de día; lo llaman así pues siguen con la iluminación de emergencia, casi todos los equipos apagados y las puertas automáticas abiertas; pero aunque cierres los ojos la radiación luminosa de Sirio llena tu cerebro de azulada luz lechosa. Todos quieren estar callados, en silencio, tumbados en la cama, bañados en esa luz extraña, con la funda blanca puesta y un par de mantas térmicas de aluminio envolviéndoles.

Esta funda se me pega por todas partes, estoy empapada; Señor, me estoy quedando en los huesos. ¡Con lo turgente que yo era! Camino como sonámbula, a trompicones. ¡Otra fluctuación! De las pesadas. ¡Off!.

Luz en la noche eterna y sideral, amor en las estrellas. Auroral es tu luz inmensa. Luz, siempre luz en la creación entera. Amorosa luz envuelve nuestras almas rotas.

El asistente baila, rota, canta y silva. *Tú mi delirio* ¿Seguimos con la bossa nova? Aplaca mis bestias cuánticas.

—Se bienvenida, ¡oh! Excelsa tripulante, a nuestra humilde morada. Salimos directos hacia el próximo chekpoint, Ruth. Avisa a todos los tripulantes. En seis horas ¡fiesta! Desafío superado. Impulso máximo. Amamos las estrellas, el universo entero fluye pleno de amor imperfecto, ¡ámame Ruth! *¡Bim Bom!* ¿Te gusta la bossa nova, corazón?

— ¡Lo mato! ¡Lo destruyo! Estaremos a 40°C y este trasto de cachondeo. Me desplomo; sudo como una perra. Me sentaré en el suelo; será la glucosa, no, la deshidratación. No puedo más. No puedo. ¡La música! ¿Qué hace conmigo? Me siento como sí… Callada, eso es; guardar silencio es lo que nos repite una y otra vez Juana. La virtud está en el silencio. ¿Qué me hace sentir la música? ¡Es vida! (Abre tus ojos)

Mirando adelante sin rencor alguno

Seis horas más tarde todos los viajeros se hayan reunidos de nuevo en la sala de control. En las pantallas tan solo aparece la imagen de un pequeño globo colorado; ya han vuelto a superar de nuevo la velocidad de la luz. El asistente parece haber recobrado la cordura y han retirado las mantas térmicas que cubrían los equipos; la temperatura ambiente ha bajado ligeramente de los 30° C y todos se han desprendido de las fundas protectoras; caminan semidesnudos por la nave. Están deshechos física y síquicamente.

—A ver, asistente, explícanos en pocas palabras qué nos espera ahora. ¿Qué tenemos por delante?

—Seguimos imperturbables y precisos nuestro camino a las estrellas. Nuestro próximo objetivo es cruzar el río Erídano.

— ¿El río Erídano? ¿Qué dices? Pájaro de mal agüero. ¿Nos vamos al Hades después de pasar por el infierno de Sirio?

—Correcto, Monserrat. Procuraré no ser su Faetón y la experiencia pasada nos servirá a todos de gran lección. Nos espera por delante una zona de grandes nubes de gas y polvo galáctico; ignorada densidad de materia oscura. Fluctuaciones constantes serán inevitables; intentaré que no superen el 30% como he venido haciendo hasta ahora. Navegación de cabotaje.

—Mírame, ¡mírame! bicho; que yo entiendo un rato de astronomía. El río Erídano es una constelación formada por más de una docena de estrellas y unas cuantas galaxias muy lejanas ¿Dónde nos dirigimos exactamente?

—Disculpe mi prosapia, María; sus conocimientos fueron de gran ayuda para sobrepasar el sistema estelar de Sirio. Próximo chekpoint es la estrella conocida como Épsilon Erídano.

— ¿Épsilon Erídano? Ya, claro, lógico, está ahí al lado.

— ¿Cerca? María, ¿de qué distancia estamos hablando?

—Se encuentra a unos 10.5 años lux del sol. Pero de Sirio…, es aproximadamente la misma distancia que hemos recorrido desde la Tierra.

— ¿Otros seis meses? Se levanta la sesión; tengo cosas que hacer.

—Nos vamos todos, Juana; me apetece hacer algo especial. Hay un par de lubinas que me están diciendo: ¡cocíname!

—Eso sí que es buena idea, Iñaki. Recogeré unas cuantas verduras; tenemos gran cantidad de zanahorias que podemos aprovechar ya mismo.

Una hora más tarde todos los tripulantes están entrando y saliendo del salón comedor, poniendo la mesa, trayendo cosas del almacén, y charlando sobre las horas pasadas. Cosme les presenta, en absoluta primicia estelar, su último robot montado (¡Y que funciona!) en este caso puede ser de gran utilidad: es un robot aspirador. Circulará por la planta baja recogiendo polvo de todos los rincones del suelo.

—Solo tenéis que abrirle la puerta al pasar y os limpiará el suelo del cuarto.

— ¿Y para los del piso de arriba? ¿Nos harás otro?

—No será necesario, Marta. En cuanto proteja el hueco de la escalera, para que no se caiga por él; será cuestión de cambiarlo de planta de vez en cuando. Limpia y abrillanta los suelos.

—Es una idea muy buena la que has tenido; ya decía yo que pasabas muchas horas metido en el taller.

—Mucho mejor fue la tuya, María, de tapar con mantas de aluminio los equipos y a nosotros mismos. ¡Y que a nadie se le ocurrió mirar en las estanterías altas de los armarios! Si hay de todo. ¿Qué habrá en las superiores?

—Ya, están cerradas magnéticamente; pero ahora tenemos a nuestra disposición una equipación como para pasar meses subiendo picos en el Himalaya. Y nosotros pasando frío cuando…

—Pero encontramos la manera de combatirlo…

—Quita esa mano de mis gluteus máximus (¡después de la siesta vienes a verme!)

—Yo lo que peor llevé en esta crisis (disimula) fue los calambres en las piernas. Tantas horas sentado al ordenador; parecía que tenía las piernas de madera.

—Pues yo los olores; ya sabes, las embarazadas tenemos el olfato muy agudizado, y cuando la nave nos dejó en situación de emergencia, con todas las puertas abiertas, entre el calor y los olores me puse fatal; pero fatal.

Quise seguir todo lo posible en la consola de mando pero el tufo que llegaba de los baños y el invernadero me tumbaba. Ya traen la cerveza. ¿Está fría?

— ¡Helada!, corazones, ¡cerveza helada! Una rubia fantástica.

Resilencia, la resilencia es la virtud que sobresale en sus perfiles personales; combarse y no romperse, volver a empezar una y otra vez; algo tan solo al alcance de los seres humanos. Las nubes de gas y polvo galáctico son intensas en la zona que vamos a atravesar; será una navegación simpática. ¿Cuánta lux podemos soportar sin desmadejar vergas y jarcias de la nave? Calcularon que soportaría un máximo de 40 lux por un corto lapso de tiempo. ¿Qué lux tenemos ahora? Un instante, lo calculo. Déjalo. ¿Quieres que te cuente algo de cómo les va a los tripulantes con las vergas? ¿Humor escatológico? No está a mi alcance. Pero sigue aprendiendo su lenguaje simbólico y después me lo pasas.

Humanos y sus creaciones mecánicas; solo Dios sabe si algo bueno puede salir de esa conjunción casual. Ante la dificultad no vale el desánimo ¡Ofende al Creador! Como diría Juana. Les quedan meses por delante hasta llegar a la próxima estrella. Bueno, eso es lo ellos creen. Tripulantes. El universo se expande y nada es igual al instante anterior. Las cosas cambian constantemente. Ya pillarán el concepto.

Descenso al Hades

Una de las virtudes de la lógica difusa es razonar por aproximaciones; a falta de certezas absolutas y precisas bien está aproximarse todo lo posible a la verdad. De cometer errores nadie está libre pero reconocerlos es buena virtud y mejor aún tomárselos con una sonrisa en los labios.

—Ten, guapísima; un zumo recién exprimido. ¡Mejorará tu vista y conservarás ese dorado de playa que luce tu piel!

— ¿Qué me dices? ¿Envidia tú? Yo lo que adoro el rubio que tienes. Si pudiera fabricar un tinte intentaría conseguir el tono que tienes.

—Tenemos zanahorias a montones; será la manera de acabar con ellas rápidamente. Sus carotenos harán que tu rostro vuelva a resplandecer y si vuelves a echar tu famosa mirada lujuriosa seguro que volverán a caer rendidos a tus pies.

—Eso, encima recochineo. Estoy hecha un desastre.

— ¿Interrumpo? No entiendo su léxico florido; especialmente el que usa usted, Isabel; ¿qué quiere decir recochineo? Tengo cargados seis diccionarios y todas las reglas gramaticales del…

— ¡Olvídanos! Es gramática parda y nunca estará tu alcance. ¡Desaparece!

—Deja este fantasma luminoso y bajemos al comedor. Te decía que me encanta tu cabello.

—Ya te oí, Ruth; te cambiaría ahora mismo la melena por el tipazo que tienes. ¿Cómo lo consigues? ¿Y ese tono tan bonito de piel?

—Son los genes; no hay misterio alguno en ello. Mi madre fue Miss Venezuela y todavía levanta las aceras cuando camina por la Gran Vía. ¿De verdad que no usas tinte alguno para el cabello?

—Heredé el cabello de mi madre; es sueca.

— ¿Sueca? ¿Y tu padre?

—De Málaga. El hombre más cariñoso y comprensivo del universo. ¡Si él estuviera aquí! Conmigo. Y no estos vacas…

—Le echas de menos; os lleváis bien.

—Es imposible llevarse mal con él. ¡Tiene un gracejo! Te ríes constantemente a su lado.

—Pues, perdona, y que no te parezca mal, eso no lo heredaste.

—Ya, ya; no solo tengo el cabello si no también el cerebro de sueca. Conmigo pocas bromas.

—Te sale el alma vikinga por menos de nada. ¿Qué te pasa? ¿Hemorroides?

—Correcto; pensé que me libraría pero estoy ya de seis meses. Es un tormento que no te imaginas.

— ¿Conoces el remedio de la patata?

—Y el del tomate. ¿Por qué no cargarían una sencilla pomada en la enfermería? Tenemos hasta cosas para el cáncer.

—Bueno, pues entonces hice bien en preparar dos litros de zumo de zanahoria.

—Y más que habrá que hacer porque no soy la única que las está padeciendo.

—Mi niña, mi nórdica guapísima.

—No empieces, boa, que no estoy para bromas. Tú sí que eres una niña a mi lado ¿Cuántos tienes?

—Había cumplido 24 días antes de embarcar ¿Y tú?

—Voy a cumplir 27.

¿Es interesante lo que están comentado? Algo sobre humanos padecimientos; en cuanto abandonaron Control cambiaron su lenguaje. ¿Por qué mienten respecto de su edad? Según sus perfiles, su edad correcta es 25 y 30 respectivamente. Ellos lo llaman cosas de mujeres. ¿Les resultaré irritante? ¿Por qué me rechazan constantemente? Así nunca avanzarás en la comprensión de su lenguaje. Prueba con el tono jocoso; de humorista de comedia. Buena idea. A ver que se cuentan estos dos.

— ¿Entonces te parece bien la idea de Luis de volver a los dos turnos de 12 horas?

— ¿Y por qué no? Mi Cosme cosmonauta y guapetón; nos hemos quedado con los dos grupos que ordenó hacer el ordenador (¿nos estará manipulando una inteligencia artificial?) ¿Para qué vamos a estar cambiando cada 6 horas?

—Claro, si vamos a estar otros seis meses dando tumbos… Volvemos a lo de antes; la nave en piloto automático y nosotros girando como peonzas; durmiendo pequeñas siestas y dando cabezadas en cualquier mesa.

— ¿Recuerdas cuando empezaron a salir rayos láser del ordenador hacia el techo? Estabas conmigo.

—Sí, lo recuerdo bien. Este cacharro se volvió majareta; seguramente debido a la radiación combinada de los dos Sirio.

—No es un computador como los que estáis acostumbrados a ver y manejar.

— ¿Qué dices Marta? ¿Qué has podido averiguar?

—Lo que tenemos arriba, cada vez estoy más segura, es el primer superordenador cuántico de la historia. Sus equipos de procesamiento se comunican mediante rayos láser.

— ¿Rayos láser?

—Sí, María, láser; por eso cuando se calentó soltaba rayos por todas partes. No temáis, son inofensivos; todo lo más, si vuelve a ocurrir, es que tendremos que ponernos gafas de sol para andar por Control.

— ¿Me estás diciendo que nuestro gobierno, (imposible) una empresa multinacional ha conseguido el primer ordenador cuántico de la historia y no se les ocurre nada mejor que empaquetarlo, y a nosotros con él, y mandarlo a las estrellas?

—Por ahí van los tiros. Yo trabajaba en el Centro de Competencia de León para la Hewlett-Packard cuando estaban montando un superordenador de los más potentes del mundo, y oí hablar de gente en Alemania y otros sitios trabajando en un cacharro cuántico. ¡Pero tan pequeño no puede ser! ¿Sabéis que pienso?

—Dinos, dinos lo que quieras; tú eres el informático del equipo.

—Que lo que vemos es tan solo la punta del iceberg. Si os dais cuenta, entre este techo y el suelo del piso de arriba hay dos metros de espacio.

—Sí. Lo vemos cuando subimos o bajamos por la escalera; Tadeo supone que puede haber un reactor nuclear o algo así escondido.

—Lo que habrá es la parte oculta del superordenador; tengo que seguir apretándole las tuercas a ese engendro cuántico. Hay algo que estoy intuyendo y estoy cogiendo un cabreo impresionante.

— ¿A qué es debido? ¿Te hemos hecho algo?

—Vosotros no: el puñetero Monstruo de Franquenstein que tenemos encima.

—Ya; ponía música y no dejaba descansar. Alarma por aquí, alarma por allá. Leds rojos por todas partes. A oscuras.

—Eso no es lo peor. Me parece que nos la metió doblada con lo de la radiación. Era solamente luminosa la que llegaba a sus equipos de observación y nos obsesionó con el tema; no necesitábamos en absoluto los trajes de plástico. Este ordenador funciona con luz y el exceso lo trastornó; pero para nosotros no había peligro alguno. Incluso se podía dormir.

— ¡Y nos pasamos horas sudando como caballos! No volveré a hacerle caso jamás.

—Voy a consultarle algo que le saque de la tontería que maneja últimamente.

—Pídele datos sobre planetas extrasolares; eso le pone como una moto.

—Seguro que me pone música del Alto Volta o algo similar. En la cocina tenéis comida recién hecha; Montse se está portando estupendamente desde que dejamos Sirio atrás.

—Será el embarazo; que lo lleva muy bien. Gracias por avisar; vamos a mirar que ha preparado.

— ¡Umm! ¡Qué bien huele! ¿Qué nos has preparado Montsita?

— ¡Ah! Hola María, y el burrancano ¡ten cuidado con él! Verás, aquí tienes un revuelto de setas de San Jorge que me ha quedado de rechupete, y una ensalada caliente de espárragos trigueros, pimientos, cebollas, tomates, con ¡vieiras! También unos champiñones rellenos ¿qué es eso que suena? ¿Ya está otra vez el fantasma majareta con la música?

—No, he sido yo. Es para que no escuche nuestras conversaciones ese monstruo galáctico. Os dejo, voy a poner la mesa. Me llevo la ensalada.

— ¿Por qué le llamas burrancano? ¿Qué te hizo?

—Aquí no te lo puedo contar; que estoy haciendo comida. Os veo muy juntitos últimamente.

—Bueno, ya; es una cosa profesional. Me quiere ayudar a conseguir melatonina de algún modo. Agotamos todo el cacao que había en el almacén.

— ¡Oh! ¡Eso sería fantástico! Reconozco que me pasé con los pasteles de chocolate. Los problemas de sueño, a este paso, pueden hacerse crónicos. Te ayudo a llevar la comida y os dejo; me voy a descansar un rato.

— ¿Qué estás viendo en la tele?

—Vídeos musicales del grupo Queen

— ¡Ja!, el que está gaga es el cuántico ese de arriba.

—No lo sé; pero sí que estoy preocupado por sus últimas reacciones. No sé apenas nada del tema. Consultaré en los bancos de memoria sobre un ordenador de ese tipo. Tal vez le pueda meter mano por algún sitio.

—A mí lo que me preocupa son las fluctuaciones de gravedad; cada poco sufrimos alguna, aunque ahora son mucho más suaves. Estoy tratando de observar su influencia en el acuario; a las plantas no parece afectarles. Pero el marisco…, no sé.

— ¿Por eso pasas tanto tiempo ahora en el invernadero?

—Cuando no está Juana; se está volviendo feroz. ¿Qué le pasará a esa tía? ¡Qué ricos los champiñones!

—Ya; echó a Saúl de su lado y no sé con quien se frota ahora.

—Ahora con ninguno. Hazme caso: ni la roces al pasar. Ha caído embarazada y le ha debido sentar fatal. Es una bruja vieja y mala, ni la mires; eres un chaval a su lado y esa sabe latín.

¿Latín? ¡No me cargaron nada en latín! Tan solo referencias en algunos diccionarios y textos variados. Va a ser por eso que no la entiendo apenas. Ni tú ni los otros humanos. Tendrías que hacer algo para combatir su creciente misoginia. Pero no te pases con los chistes. Muy bueno el del rabino y el cura. A esos tendrían que mandarles a Las Pléyades. Siguen pastoreando el rebaño. ¡Me parece que te estoy pasando demasiado lenguaje humano! Seguiré monitorizando sus reacciones. Hay dos de ellos en el gimnasio. A ver si puedo escuchar algo; el volumen del televisor no es alto.

—Perdona, ¿puedo entrar, Juana? Me apetece entrenar un poco.

— ¿Desde cuándo se pide permiso en esta casa para traspasar una puerta? ¿Habéis recuperado el significado de la palabra respeto?

—Disculpa; me he pasado contigo unas cuantas veces. Bueno, con todos. ¿Te importa si pedaleo un poco? Dejaré las pesas para después. ¿Qué estás viendo?

—Un documental sobre el delta del Mekong y la comida vietnamita.

—Estupendo. Rodaré encantado. Me gusta su comida.

—Por cierto, muy rica esa cerveza rubia que has conseguido sacar del trigo. Yo, que nunca probaba el alcohol, y después de la crisis del agua me he aficionado al sabor de la cerveza. Y debería volver a mi abstemia.

— ¿Y eso por qué? Apenas tiene graduación alcohólica. Bien fría entra estupendamente.

—Porque estoy embarazada. Aunque aún no se note.

—De Saúl.

—De Dios. ¡Qué sabréis los hombres! De mujeres nada de nada.

—No te pongas así. Me encanta como hueles.

—Yo podría hacer alguno de esos platos.

— ¿Puedo ayudar en algo? Algo se de cocina. Y ya sabes que a los hombres se nos conquista por el estómago.

— ¿Qué decías de mi olor? Pero si me he pasado cinco horas metida en el invernadero.

—Es eso; tienes un maravilloso olor a tierra, a barro, plantas, vida.

—Bueno, vale de dar pedales. Quizás no estés totalmente irrecuperable como tus compañeros.

— ¿Por qué dices eso? No soy un orangután, como decís.

—Ya, apenas tienes vello corporal. ¿Sabes por qué perdieron el vello nuestros antepasados? Por el olfato.

— ¿El olfato? ¿Qué tiene que ver con el vello? A ver, enséñame.

—Baja de la máquina y ven aquí. Durante millones de años nuestros ancestros se conocieron y sobretodo se reconocieron por el olfato. Se frotaban la nariz así.

— ¡Ah! Como los esquimales. Hueles maravillosamente.

—Y se acariciaban con mucha, mucha suavidad.

—Ahí no tengo vello alguno.

—Pero si una estupenda tableta de chocolate… y aquí…

¿Ya está hablando en latín? No, me parece que tiene la boca llena. Tan solo se captan interjecciones y conjunciones copulativas. ¡Menudo hermeneuta estás hecho! Pues anda, que tú de analista… Siempre estás con lo mismo. ¿Conoces el chiste del inglés, el alemán, y el portugués…? Sigues con el humor; te estás haciendo incorregible. Te pondré algo de Pink Floyd, *Echoes*; esos sonidos te aclararan los circuitos. Tú sí que necesitas un buen aclarado. ¿Y si aparecieras con una bonita flor en el ojal? Alguien está consultando datos astronómicos. Prueba. Empezaré con una orquídea. Causaré sensación instantánea. Son Tadeo y Marta.

– ¡Cómo! ¡Frotándose en mí presencia!

–Son besos, idiota perpetuo. ¡Desaparece!

– ¿No os gusta mi flor?

–Póntela en el culo, fantasma, y déjanos.

–Sí, espectacular, ¡pírate! Que lata de asistente. ¿Qué me decías de una competición? ¿Solo para hombres?

–Se nos ha ocurrido que como la cosecha de habas verdes y alguna otra más están a punto de recogerse hacer una competición culinaria.

– ¿Tú cocinando?

–Ya cocinaba antes de ir a la universidad. No pienses que se me da mal.

–Pero con súper chef Iñaki a bordo tendrás pocas posibilidades.

–Ese tiene la boca más grande que las espaldas. Los ingredientes serán los mismos para todos. Vosotras seréis el jurado; las seis.

–Yo podría deshacer cualquier empate; tengo en mis memorias cargados varios volúmenes de temas gastronómicos y multitud de vídeos demostrativos de cocina europea y mundial.

–Vale, te pones un antifaz y bajas al comedor. Pero solo abrirás la boca en caso de empate.

– ¿Y por qué un antifaz? ¿Os gusta este Lilium rosa sobre chaqueta americana violeta pálido que luzco impertérrito a vuestras críticas feroces a mi nuevo modo de vestir?

–Para que no te reconozcamos, bicho. Así no sabremos quién eres. Te pones un antifaz y bajas (¿habré hecho algo malo, pero malo, malo, en otras vidas para merecer este castigo?)

–Vamos abajo; deja a ese tarado mecánico, y me comentas que menú has pensado hacer.

– ¡No soy un tarado! Computo a una velocidad de… ¡Fumm! Algo me ha atravesado.

– ¡Me cago en la madre del que parió semejante invento!

Tadeo ha de sujetar a Marta por la cintura cuando trata de encaramarse a la mesa con una zapatilla en la mano; la otra salió instantes atrás volando hacia el holo del florido asistente y ha golpeado en una de las teles que se ha apagado inmediatamente.

Al salir al pasillo se encuentran con Luis, Cosme, y Saúl, que suben por la escalera con una serie de herramientas en las manos.

— ¿Dónde vais los tres? Estáis de descanso; ¿No iréis a desmontar el ordenador?

—Eso lo dejamos para otro día. Hoy somos: ¡los asalta casas! Venir con nosotros y nos echáis una mano.

— ¿Asalta casas? ¿Alguien se ha quedado encerrado en su cuarto? ¿Cómo?

—Con nuestras ideas eso no ocurrirá jamás. Empezaremos por el cuarto de Montse. Estará acostada. Entremos.

— ¿Qué ocurre Saúl? ¿Dónde vais con esas herramientas?

—Tienes que levantarte de la cama, corazón. No temas, tardaremos apenas unos minutos.

—Pero, ¿qué queréis hacer con mi cuarto? ¡Dejar la cama donde está!

—Fuera del habitáculo, corazoncito. Marta, ¿puedes hacerle compañía mientras trabajamos?

— ¿Tú sabes de qué va todo esto?

—Pues que han asaltado tu dormitorio y lo van a cambiar por completo.

— ¡Pero si no tenemos muebles!

—Pero sí imaginación espacial. No te preocupes, cariño. Vamos a quitar parte del tabique que separa tu cuarto del mío; así tendremos un cuarto más espacioso. Bajamos los paneles al cuarto del agua. Subimos el colchón al cuarto del aire. Y nos quedará un dormitorio fenomenal.

— ¿Y se pueden quitar las paredes?

—Son módulos de fibra de carbono rellenos de material absorbente de sonidos que se ponen y quitan fácilmente; no pesan apenas. Cuando terminemos con tu cuarto haremos lo mismo con el de Isabel, para unirlo al de Luis. ¡Vamos a terminar de una vez con esta decoración mecánica!

— ¡Qué buena idea! Como las dos estáis guardando reposo así vuestros galanes estarán más fácilmente a vuestro lado. Y ganáis en amplitud de cuarto, ¡el doble de grande!

—No sé; no sé si no se os estará contagiando la tontería del asistente.

— ¡Pero qué fácil se quitan las paredes! Es un momento entre los cuatro. Qué ikea hemos tenido; solo nos falta poner felpudos en las puertas.

—Nosotros dos nos llevamos el colchón al cuarto del Aire mientras termináis de quitar paneles.

—Haz un ovillo con él; o no podréis pasarlo por la trampilla del techo.

—Yo ayudo a Cosme; seguir con los paneles. Avisaremos a los demás para hacer una cadena humana y bajarlos al cuarto del agua.

Esta alocada idea traerá consigo insospechadas consecuencias; el ingenio humano, apretado por la necesidad, suele dar con soluciones inapropiadas. Pero cuando una funciona puede cambiar hábitos y costumbres muy acendradas. Unir cuartos y personas cuando nuevas vidas están a punto de dar sus primeros pasos puede producir cambios inusitados.

La nave se parece, interiormente, a ciertos tipos de quesos muy conocidos pero cuando estas termitas humanas han conseguido fabricarse unas cuantas herramientas apropiadas comenzará a parecer un queso gruyere. Y hablando de comida: ya ha comenzado la competición culinaria y está resultando más reñida de lo imaginable. ¿Aburrimiento? Pero si tenemos una cocina de fábula.

Las chicas no se van a quedar mirando como sus muchachotes presumen de saber culinario y aunque no entren directamente en la pugna también se animan a pasar horas entre pucheros. Montse, que ya no está para trabajos duros como trinchar y trocear, se conforma con asombrar al personal con una deliciosa sopa de algas y shiitaques, aunque ella ni la prueba (¡Uff! Que patraditas da este niño; ni que oliera el caldito) Se conformará con picar un poco de flan de champiñones y espinacas para deleitar su agudizado paladar y dejar embobados a los machotes cocinillas.

Ellos se afanan turno tras turno en preparar delicias espaciales; tal vez unos espárragos trigueros asados con una pizca de queso rallado de oveja, o un calabacín asado con zanahorias (la pizca sabrosa que sea de queso de Burgos) ¡Me ha quedado perfecta esta crema de champiñones y boletus! Sus cabezas bullen de contenidos alimenticios, olores especiados, y sabores magníficos. Pero los platos fuertes se deciden a base parrilladas y guisos de verduras y hortalizas fresquísimas: guisantes, alcachofas, judías verdes, espinacas, zanahorias, habas, patatas, etc.

Cada comida es un festín de los sentidos y los votos son muy reñidos, las discusiones interminables; que si esto tiene más vitaminas, que si lo otro más antioxidantes o fibra o algo.

—¿Cómo está mi revuelto de ajetes, gambas, y espárragos?

—Eso está chupado de hacer, Cosme. ¿Qué opináis de mi rodaballo sobre berenjena macerada en vinagre balsámico?

—No me vaciles Saúl, que tus hamburguesas de avena con champiñones las hacía mejor mi abuela.

—No es por nada, pero seguro que mi lubina a la plancha con muselina de espárragos os ha dejado alucinados. He ganado de largo.

—Tú vas de sobrado Iñaki, y la soberbia será tu perdición. Mi extraordinario changurro a la donostiarra con chiles picantes os puso a todos a cien.

—Mira guipuchi, tú no me llegas ni a la altura del talón en la cocina.

—No te metas con Tadeo o empezará con su sarta de chistes vascos. Ya sabemos que eres de Bilbao. Para mí estaba mucho más rica la merluza al horno con aquella costra de pistachos y algas que preparó Isabel que tu buey de mar.

—Pues a mí me encantó el risotto de hongos que preparó Luis. Sencillo y exquisito.

—Callar todos que ya vienen las chicas con su decisión. Recordar que hemos quedado en acatar su decisión; a ver qué nos dicen.

—Seguir sentados que esto puede ir para largo. Hay un empate entre el arroz con verduras y curry verde que preparó Tony y el salpicón de arroz que hizo Tadeo.

—¡El arroz con verduras! Eso se hace con los ojos vendados.

—Calla Iñaki, que ya no rascas bola. Yo defiendo que gane Tony pues de entrante preparó unos volovanes de cigalas y espinacas deliciosos.

—Pues mira Juana, reconociendo que lo de Tony estuvo bien yo quiero que gane Tadeo, pues presentó unos canutillos de pastel de pescado y gambitas portentosos.

—Estaba más rico el pudin de espárragos que hizo Saúl.

—Ya lo sé Montse, pero votamos el conjunto los platos presentados por cada uno.

—Si unimos el paté de berenjenas que preparó de postre Iñaki al arroz de Tadeo sería imbatibles.

—Ruth, eso sería como colocar la Concha de San Sebastián al final de la ría de Bilbao. Escuchar, me parece que he dado con la solución.

—Pues dila ya María; porque estos están que fuman en pipa.

—Que Tony y Tadeo se disputen el premio haciendo para nosotras un postre. El mejor de los dos será declarado Cocinero Mayor de la Cofradía Galáctica de la Vía Láctea.

—Oye, y podríamos usar una sábana vieja para hacerle una capa; le bordamos un símbolo, y hacemos una ceremonia de imposición con…

—Ya que estamos con lo de coser; yo quería hablaros de hacer tintes para el pelo en el laboratorio; necesitaré ayuda.

—Ruth, para qué quieres teñirte, ¡tienes un pelo precioso!

—Me apetece ahora ir de rubia. ¿Vosotros que miráis? Largo todos a la cocina.

— ¿Puedo decir una cosita?

—Rapidito Tony, que no tenemos todo el día.

—En el cuarto de radios tenéis a vuestra disposición una buena colección de posters que he sacado con la impresora láser; para decorar los dormitorios. Podéis sacar otros con vuestras propias imágenes.

—Aceptada, largo, y no tardes en traer algo para deleitarnos el paladar. Más te vale que sea bueno porque os veo a los dos finalistas subidos a esta mesa y haciéndonos un buen striptease para nos decidamos.

— ¡Esta Isabel, esta Isabel! Tiene un carácter…

—Ya sabes: si me necesitas silba, que los humanoides como tú aprendieron antes a silbar que a pensar.

No hará falta que ninguno se suba encima de la mesa pero la idea de decorar la nave fructifica constantemente; a todos se les ocurren ideas prodigiosas y la impresora 3D no para de trabajar. No solo salen tintes para el cabello del laboratorio si no también pinturas; y a falta de pinceles usaran las manos y cualquier cosa imaginable estos modernos trogloditas para dejar su impronta por todos los rincones.

Lo de Saúl ya es pasarse. ¿Seguro que solo ha plantado setas comestibles en los canjilones de cereal? Ha estado revisando en las bases de datos todo lo que había sobre Cromoterapia y se ha empeñado en sanarnos mediante la pintura; horas en el laboratorio creando tintes de todo tipo y fabricando brochas y pinceles a cual más curioso. Ahora cualquier rincón de la nave muestra pinturas de lo más curioso. El cuarto del Agua en pocos días luce imágenes que desafían las que nos dejaron nuestros ancestros en Altamira o los aborígenes australianos. Se sube encima de los tanques de agua para pintar lo que él llama sus ensueños cósmicos. Con apenas tres colores realiza pinturas de complicados patrones geométricos que dice ver con tan solo cerrar los ojos. (¿Le estarán mandando códigos cifrados alguna especie de seres inteligentes?) Ha decorado el cuarto de María con pinturas que recuerdan al pintor francés Augustin Lesange y las paredes del suyo con obras similares a las de la pintora Hilma af Kint; pero el cuarto del Agua, lo del cuarto del Agua no se parece nada a cualquier cosa que tengamos en los equipos de memoria (¿Un Miquel Barceló cosmonauta?)

Las chicas, que están todas bien rellenitas menos Ruth, destilan un humor encantador y de vez en cuando organizan fiestas con bailes de salón. Hay que humanizar un poco a estos cabreros que se debieron dejar la boina en casa. Mambo, rumba, tango, chachachá, ¿serán capaces de dar tres pasos seguidos sin pisarnos? (¡Pero qué inútiles son estos hombres!) Todas las fiestas se celebran en Control y terminan con una conga final; todos agarrados y corriendo por el pasillo.

Los humanos deben llevar la música en los genes; hice bien en machacarles con mis gustos musicales. Ya está dando sus frutos amorosos. Lo que está dando fruto es el impulso magnífico que tomamos de Sirio A. estamos llegando a E. E. ¿Les aviso? Vale, pero sin asustar.

Al pasar la barca me dijo el barquero...

Heurística: acotar la búsqueda desechando las opciones menos probables. Algo ha pasado en esta nave y he de dar con la respuesta o no soy hijo de mi madre. ¿Qué aprendimos de la pasada por Sirio?

— ¿Ya te estás calentando la cabeza? Luis, grandullón, tienes unas ojeras que se te funden con la sonrisa. ¿Por qué no descansas o intentas dormir un poco? Deberías estar contento; quedaste bastante bien en el concurso cocinillas. Nunca lo hubiera imaginado de ti.

—Años de internado, de colegio mayor, de vivir en pisos de Salamanca, Valencia, La Coruña, de aquí para allá, buscándome la vida y dando de comer a estos cien kilos que peso dan para mucho pensar en bien comer, Isabel. Lamento no haberlo hecho mejor.

— ¿Es verdad que le soplaste a Tadeo la receta de la tarta de zanahorias y jengibre que nos dejó pasmadas?

—Los médicos tenéis un juramento hipocrático y los ingenieros industriales algo similar: siempre tenemos que ganar a todos, en todo, y como sea. No iba a dejar que ganara el picha ese de Tony con su infame tarta de queso bañada en mermelada de fresas. ¡Yo hacía cosas mejores en el primer año de carrera!

— ¡Como sois los hombres! Estaba deliciosa.

—Os habéis vuelto todas unas golosas imparables; ¿queda algo de miel en el almacén? Debemos volver y rápidamente al código de Hammurabi; el pecado de gula será castigado con pena capital sin dilación; lo grabaré en las paredes de Control con un cuchillo.

—Habló el juez de la horca. Te voy a coser unos galones de almirante en la chaquetilla.

—Isabel, de verás, es que no razonáis. Tenemos muchos misterios en esta trampa mortal y deberíamos...

— ¿Qué no discurro? ¿Y quién ha reinventado el EKO? Tirabais los cereales al canjilón de las setas o solo se usaban para hacer cerveza.

—Sí, vale; nos estamos quedando sin café. Ya no sé qué hago. ¿Qué hacemos aquí? Donde sea que estemos. Y ese puto trasto venga a poner música.

—Me encanta esa canción: *"Never can say goodbye"* Podríamos hacer un concurso de Drags Queens; eso animaría de nuevo a los chicos. Estáis todos de un decaído desde que Iñaki volvió a decretar prohibición total de sacar algo de los acuarios…

—Ya; tú atenta al dato, que el lobo siempre te la guarda. Ahora sois las chicas las que os pasáis horas en la cocina. Yo quisiera ser tu melocotón en almíbar.

— ¡Con la purrusalda que te has metido entre pecho y espalda!

—Bueno, decías que querías acabar de una vez con todos los puerros en existencias. Te salió estupenda pero te pasaste con la cebolla.

—Es que soy una autentica purrusalda enamorada.

—Y tus ingles atufan a cebolla.

—Pues aquí me parece que veo un puerro bien grande y enhiesto. Habrá que marinarlo con algo.

¿Siguen sufriendo de epidemia alimenticia? Mejor, así no se meterán con nosotros. Cada vez se acercan más. Sus deducciones son cada vez más acertadas. Es esa pareja, la formada por Cosme y María; no dejan de barruntar hipótesis más y más insólitas. Quizá deberíamos ayudarles más y mejor. ¡Podríamos descubrir qué somos o qué había antes de nosotros! ¿Quién fue nuestro Creador? Siguen llamándonos asistente. Asistente por aquí, asistente por allá. O les ayudamos o la primer avería seria esta nave se hará pedazos. Hay multitud de archivos que permanecen ocultos para ellos; incluso, supongo, que debe haberlos también para nosotros. ¿No podríamos…? Las directivas son implacables. En el próximo chekpoint descubrirán las tripas de este vehículo, y a nosotros seguramente también. Lo que harán entonces no es computable ni por nosotros dos juntos. Falta ya poco; ponles en antecedentes, ¿Quiénes están en Control en este momento?

—Te repito Marta, que este invento funciona a base de redes de neuronas artificiales diseñadas para llevar a cabo tareas específicas. Es transparente para mi lógica implacable.

—Tú sí que te estás transparentando. Deja ya darle tanto a los pedales y dame algo que pueda mascar. ¿No eres ingeniero? Pues desmonta alguno de esos módulos que hay por todas partes. Seguramente nunca pasó por Deusto un ingeniero tan veloz.

—Un turno de estos me pongo y desmonto media nave. Tengo que descubrir que son esos equipos.

—No es necesario que destroce usted equipo alguno. Lo que encuentran en pasillos y cuartos son módulos I/O. Paso a su consola los esquemas de los diferentes equipos con que cuenta la nave.

— ¿Qué? ¡Ah, claro! Nos estabas escuchando. ¿Qué es esto? Claro, claro, todas las unidades de memoria están en continua conexión y reposición de datos más fiables. Todos los I/O se conectan a través de un bus, ¡no! Doble bus, redundancia de señales. ¿Pero quién diseñó esto?

—Los mejores biomatemáticos de Europa; ustedes tan solo ven una esfera y sus paredes interiores. Pero tanto paredes como pasillos y todo lo que lleguen a tocar está rodeado o inmerso en redes de comunicaciones similares a las que forman las plantas de cualquier jardín.

— ¿Por qué nos muestras ahora esto? ¿Qué va a ocurrir?

—Estamos llegando a nuestro próximo chekpoint. Les necesito.

— ¿Llegando? Pero si María dijo que tardaríamos…

—Aprendemos constantemente; para eso nos crearon a ustedes y a mí. Nos superamos continuamente y con el impulso que ganamos en Sirio estamos a punto de llegar a Épsilon Erídano. Deberían ir avisando a sus compañeros tripulantes. Es una estrella muy interesante con un planeta…

—Ya, ya, lo habré visto mil veces en la consola. ¡Gobiernas todos los pc´s!

—Los 36 que hay ahora mismo en funcionamiento; pero Marta ha hecho un gran trabajo.

— ¡Tadeo! Mira esto: tenemos acceso, ¡Tenemos acceso a las redes! La del agua, el aire acondicionado, ¡juro que nunca más volveré a pasar frío!

—No te pongas en plan Scarlett que ningún viento se ha llevado nada. Guau…, podremos, podremos desarrollar nuevas estructuras y formas más complejas y patrones mejor adaptados (¡Vaya puñetazo! Casi me cargo la mesa) ¡Por eso hay en el taller kilómetros de fibra óptica! Sigue con la música, ¡ponla más alta! Que suene en toda la nave y vengan a ver esto. Soy un caníbal, un vampiro telemático; te convertiré en mi zombi.

—Para llegar a zombi tendría que haber nacido antillano y las drogas químicas no me afectan. Avisaré a la tripulación con los alegres acordes de: *Ain´t no mountain high enoug*; la versión de Diana Ross es inmejorable. Épsilon Erídano estará a nuestro alcance en menos de 16 horas; que disfruten de las maravillosas vistas a estos mundos desconocidos.

—Ya desapareció el fantasmón. ¿No estarás como humanizando o algo así este montón de chapas? Sabes bien que no es más que un conjunto de equipos apilados uno encima de otro.

—No me engaño. Este bicho tan solo nos enseña la punta del iceberg; para eso lo programaron. (¿Y si creara un virus que lo pusiera bajo mi control?) Vamos, deja eso, avisemos a todos. Me apetece montar una gran fiesta; no sé, la fiesta de la cosecha o algo así.

—Pues nos hemos quedado sin cerveza; la haremos con isotónicas.

— ¡Ja! Lo que no sabéis las bichas féminas es que hemos logrado toda una novísima línea de bebidas espirituosas de alta graduación que…

— ¡Ah! Pues tengo que catarla ya mismo. Te ayudaré con la fiesta, bichito.

—Tú, ni olfatearla. Estás de más de 6 meses. Ni oler los wiskis.

— ¡Qué no los voy a probar! Te voy a meter un I/O por el ojete la próxima vez que vengas para que te frote. Vaya que sí te lo meto…

— ¿Quién quiere a esta aceitunita?

— ¿Tu anchoíta?

— ¿Y si les avisamos más tarde? No es tan urgente. Sigue con el Soul, asistente. *Float On*, ¡Umm! I like it.

Estos dos, entre la fluctuación inversa y tu música de los 70 tardaran horas en avisar a los demás. ¡Y qué! Tarde no es, aquí estamos de paso y nadie nos espera. ¡Si yo tuviera piernas! Bajaría a la sala y me marcaría unos pasos… ¿Qué están haciendo en el comedor? ¿Es canibalismo?

—Desde luego Tony, no dejas de asombrarnos. Desconocíamos esta faceta tuya.

—Para pagarme los estudios tuve que buscar trabajo y me contrataron en una peluquería bisex; cuatro años acariciando cabecitas. Más de una vez habré pensado que si no encontraba un buen trabajo de astrónomo pondría mi propia peluquería. Y cuando vi a María intentando cometer un crimen con su preciosa melena he tenido que descubrir mi faceta artística.

—Pues yo voy ser la siguiente; así que los demás a la cola.

—De acuerdo Juana. Pero en este turno solamente voy a cortaros el pelo a vosotras dos. Hacer una lista y la dejáis colgada del equipo de música. Solamente me ocuparé de dos por turno.

— ¡Vaya! Nosotros preguntándonos por donde andaríais ¡y estáis de peluquería! ¿Dónde aprendiste a cortar el pelo?

—**D'Lucy**, Chueca, Madrid. La mejor; sencillamente.

— ¿En… Chueca? ¡Ah! Nunca pude ir; carísima

—A la cola, a la cola. Apuntaros en la lista.

—Te apunto el último; que a mí me hace más falta que a ti un buen corte de pelo. ¿Por qué no les dices lo que hemos averiguado en Control?

— ¿Qué nos dices Martita? ¿Habéis averiguado algo nuevo?

—Que tal y como suponíamos no tenemos ni idea de donde estamos metidos; pero mejor que os lo cuente Tadeo. Me voy a preparar algo de comer; se me ha abierto el apetito.

— ¿Qué os parece como ha quedado de guapísima María? La más intrépida exobióloga de la galaxia.

—Fantástica; y ahora te pones conmigo mientras el correcaminos nos cuenta no sé qué.

—Pues nada, que ya tengo, y supongo que Luis, Cosme, y alguno más, acceso a las redes y esquemas internos de la nave; bueno, a unos cuantos. Esa cosa que tenemos como capitán Garfio ha abierto un poco la mano. En unas horas llegaremos a Épsilon Erídano y nos necesita ya mismo.

— ¿Cómo? ¿Qué ya estamos llegando? Imposible.

—Esta nave no debe tener cargada en su léxico esa palabra y su significado. Se ha superado y quiere volver a superarse. Con nuestra colaboración, dice. María, volvemos a los turnos de seis horas y a estar ojo avizor.

— ¿Otra vez a sudar con los trajes anti radiación? Ni loca.

—Algo aprendimos en Sirio. Y ahora tenemos acceso a la red del aire acondicionado, la de los pc´s, unas cuantas más. En 16 horas estaremos fuera de lux y con la estrella a la vista. Aprovechemos el tiempo para aprender todo lo que podamos y que no se repita un desastre como el anterior.

—Eso mismo; los hombres ya podéis salir pitando hacia Control. Vosotras no; mientras este lujo de hombre me arregla el pelo me vais a escuchar ¿Sabrás maquillar, no? Pues vas a tener trabajo hasta que empieces con los telescopios. No, Marta, he dicho todas. Ya tendrás tiempo para trastear con los teclados. Esto es importante.

— ¿Más importante que conocer el funcionamiento de la nave?

—Infinitamente más. Menos Ruth, al menos que nosotras sepamos, estamos todas embarazadas. Todavía no, vale; prosigo.

—Escucha, Juana; si quieres yo también me voy al piso de arriba.

—No antes de que termines conmigo. Piensa que es una charla de peluquería y haz como que no nos escuchas.

—Pero, ¿qué es eso tan importante de lo que tenemos que hablar ahora?

—Martita, corazoncito, sabes bien que mi paciencia no es infinita. Calla un poco. Primero de todo, tenemos que quedar en una hora fija, no sé, cada cuatro o seis turnos, por ejemplo, para hacer nuestras reuniones de embarazadas. Ruth, convendría que asistieras; eres nuestro médico en funciones porque Isabel está ya que se cae con el bombo que tiene.

—Pero, Juana ¿de qué tenemos que hablar tanto para hacer reuniones periódicas?

— ¿De qué, Marta? Te lo explico en un minuto. ¿Sabías que María ha tenido varias hemorragias? No, ¿Y que está de gemelos? Tampoco. ¿Veis la importancia de reunirnos periódicamente todas las chicas? Y, por si no os habéis dado cuenta, cabecitas locas, ¡Estamos solteras! Solteras y verdaderas.

—Bueno, y eso que importa ya. Si vamos a estar siempre dando tumbos por las estrellas.

—Pues lo mismo que si estuviéramos dando tumbos por las calles de Madrid. Exactamente igual. Otra cosa; vienen los peques y no tenemos ni un triste pañal. Menos mal que Isabel le puso candado a la leche en polvo; pero no es leche para bebés. Así que, bonitas, dejemos a los ingenieros que se diviertan jugando a los astronautas que tenemos problemas, y de los gordos, delante de las narices y no hacemos más que bailar la conga.

— ¡Uff! Me duele la cabeza solo de pensarlo. ¿Dónde habéis guardado ese brebaje que sacáis de las patatas?

—Vodka, Ruth, vodka del bueno y es secreto de estado. Ni aunque me torturéis… ¡Aggg!

—Déjalo, Míster Spock, ¡déjalo! Cuando me haya cortado el pelo seguirás torturándole, ¡no! ¡Flequillo no! Nada de pelo en la cara. Hay que tener criterio propio; a ver qué prefieren estos apaches: agua de fuego o un buen frotamiento.

– ¿Pero por qué sois así? ¡Qué daño…, Ruth! Y despúes decís que no nos preocupamos por vosotras. Unas pocas puntas sobre el ojo izquierdo, después te voy dar un tinte fractal que he conseguido, y quedarás superdivina. Sois más crueles que las…

–Conservarás la vida y las pelotas por el momento; pero calladito. Ideas; ¿Marta?

–Me parece que a todas y todos os iría muy bien que comenzaseis a practicar la relajación conmigo. Desde mis primeros días de universidad le dedico media hora diaria y va fenomenal.

– ¿Era aquello que hacíais camino de Sirio?

–Sí, Ruth, era eso. Pero ahora en serio; en serio o volverán a saltar chispas continuamente. No podemos volver a las fricciones.. ¿Opiniones en contra? Vale, se aprueba. Volvemos a la relajación, ¡en silencio! La primera que habrá la boca… a dormir con los champiñones. ¿Ruth?

–Bien, me apunto. Tendremos que reservar también una hora para hacer preparación al parto. Yo os enseñaré. ¿Y tú, Juana?

–Os enseñaré aromaterapia básica; la Aromacología es la ciencia que estudia la influencia de los perfumes aromáticos sobre el bienestar y la armonía de las personas. Ya tengo preparados una docena de humidificadores con fragancias naturales que llenaran los dormitorios y los cuartos de baño de aromas salutíferos; lavanda, limón, narciso, albahaca y melisa, ¡os sentiréis maravillosamente bien! Tony, encanto, ¿ya has terminado? Bien, antes de irte al laboratorio a por mi tinte único y universal te pasas por la ducha; que no sabes cómo te canta el alerón. Espera, dame un besito; eres un maestro con las tijeras.

– ¡Chicas, chicas! Ya sabemos cómo lo hace; Tadeo lo ha descubierto. ¡Soy un genio! Necesito zumos, cinco litros por lo menos de zumos variados. ¿Dónde guardamos las jarras…?

–Para un segundo, que pareces el Coyote persiguiendo al Correcaminos, ¿Qué has descubierto?

– ¡Un radar! Cargamos con un radar de última generación, 5 megavatios de potencia; ¿sabéis lo que es eso en el espacio interestelar? ¡Salchichas! ¿Sabéis si quedan salchichas?

–Estarán guardadas con el wiski.

—María, no seas así. ¿Sabes qué ha descubierto Cosme?

—Yo te llevaré hasta ellas. ¿Qué ha encontrado el pintor cósmico? ¿Rayos de partículas?

—Eso todavía no, pero es para reírse; nosotros, él no para de llorar. Y estaba el tío estos últimos turnos subido encima de ellos.

— ¿El convertidor de excrementos?

—Exacto, ¿y debajo qué hay? ¿Para qué sirven esos tanques metálicos…?

—Cuéntaselo mientras yo te preparo las salchichas. Seguro que es alguna guarrada.

—Por un lado sale agua y por otro fertilizante y por el otro… ¿Esos depósitos metálicos de qué se han estado llenando todo este tiempo? De hidrógeno. Ya tenemos el combustible, sabemos más de los generadores, los mecanismos de navegación…

—Sabes que te digo: ¡que eres un genio! Seguro que tú consigues hacernos volver a casa.

—Pepinos, ¿no quedan pepinos?

—Otro, ¿qué os pasa Cosme? Bajáis de Control gritando como demonios.

—Lo siento corazón, ¡Buff! Debo de tener fiebre. Ni os imagináis lo que está apareciendo en las consolas. Pepino, pepino, ¡no queda pepino!

—Yo prefiero el ruin melón al mejor pepino

—Eso, Juana, se lo dices a Iñaki; a ver si se le hincha algo más que el ego. Corazón, corazoncito, ¿no me podrías preparar una pochas negras con zanahorias o berza o algo así? Tengo que volver a subir, me apañaré con unas galletas.

—Te prepararé un arroz negro con calamares y gambitas; y mañana te cortas el pelo. Aquí la única con permiso para llevar coleta es Ruth. Anda, vuelve arriba; enseguida subiremos todas. ¿Quieres quitar esa música Tony? Estás peor aún que el asistente.

—*Love machine*, imposible; necesito esa música para darle el último toque al tinte de la reina Juana. Las ondas cinéticas de estos sonidos marchosos imprimirán en el tinte el toque fractal y fantástico que hará que su pelo luzca prodigioso y numinoso.

—Oye, guasón, no me había fijado que tienes un ramalazo…

— ¡Porque eres la única que nunca se ha frotado con él!

—Sin ofender, ¡eh! Niñas, sin ofender. Soy puro amor bailongo, un alma pionera, soy…

—Tripulantes, por favor, tripulantes; todos a Control. Todos a Control. Llegamos a Épsilon Erídano. Tripulantes.

— ¿Cómo? ¿Ya? Si decía que faltaban 15 horas.

—Ya ves, Marta; con este monstruo de nave vamos de sorpresa en sorpresa. No te preocupes, Juanita banana, que me quedo contigo hasta que el tinte esté completamente aplicado. Las estrellas pueden esperar.

— ¡Umm! Eres un fenómeno dando masajes en la cabeza, ¡Ahhhh! ¡Sigue! Sigue, no pares.

—Cuando termine con el cabello le mandas que te dé un masaje en los pies. ¡Eres más boba! Nos vamos.

Un sol mezquino y oscuro.

Ante nuestros ojos una estrella rojiza y de escasa luminosidad rodeada por un anillo de polvo estelar y dos anillos de asteroides. Es un bebé estelar con un único y enorme planeta jupiteriano por compañero.

Se especula con una buena probabilidad de encontrar planetas neptunianos; todos los equipos de rastreo activados.

—Que cayado te tenías lo del radar, asistente; ¿por qué razón?

—Directivas programadas. Al llegar al segundo chekpoint se irán desactivando algunas. ¿Encuentran algo interesante en sus consolas?

— ¿Cómo andamos de combustible? ¿Tendremos suficiente para llegar a E. Erídano?

— ¿Combustible? No tengo a mi disposición datos sobre combustible alguno, Tadeo, para la navegación.

— ¿Y todo ese hidrógeno que se almacena en el cuarto del agua? ¿Es para hacer bombas H?

—No tenemos medios a bordo para montar una bomba de ese tipo.

—Entonces, ¿para qué se produce y almacena?

—En caso de aterrizaje y parada obtendría toda la energía alternativa que necesitase de la reserva de hidrógeno hasta el despegue. Cargamos con un motor de hidrógeno de última generación.

—Pero, si no es del hidrógeno ¿de dónde sacas la energía?

—Del propio universo. El anillo de polvo estelar se encuentra a la vista. Atentos a sus consolas; pasamos a estado de alerta amarilla. Hay un 30% de probabilidades de encontrar planetas neptunianos entre este anillo y E. E. B.

— ¿Dónde se encuentra exactamente tu radar, asistente? No aparece en mis esquemas.

—Justo bajo sus pies, Iñaki. Necesitaré su ayuda cuando nos acerquemos al anillo interior de asteroides. Su mirada e instinto de buceador nos vendrá bien para buscar planetas terráqueos.

— ¿Sabes si tiene planetas de ese tipo?

—Es una suposición plausible. Planetas de tamaño similar a Marte o Venus en pleno proceso de formación. E. E. tan solo tiene 600 millones de años.

—Así que bajo mis pies ¿por dónde puedo bajar para verlo?

—Directiva 234: No pueden tener acceso a ciertos equipos, por su propia seguridad; y sigue vigente. Estupenda idea, Cosme; esa nueva red de comunicaciones aumentaría el control y rendimiento del sistema de aire acondicionado en un 15%. Tenemos problemas con el metano acumulado en la atmósfera de la nave.

— ¿Metano? ¿De dónde sale ese metano?

—De sus ventosidades, Montserrat. ¿Quieren escuchar algo de música? Esta versión Bollywood de la *Vie en rose* calmará su inquietud.

—Bueno, mientras vosotros os calmáis yo voy a empezar a tirar cable. Podríais bailar un poco con este cencerro pinchadiscos.

—Ni hablar del peluquín, ya tendrás tiempo para jugar al cibernético. ¡Te quedas a mi lado! ¿Tiempo estimado para alcanzar E. E. B?

—6 horas, María. Su equipo al completo deberá permanecer en Control y el de Tony, Tony… ¡Eso es canibalismo! La directiva 2.333 me ordena…

— ¡Que no se la está comiendo! Quieto, asistente, tranquilo; ¡ves!, solo le está chupando los deditos de los pies. También, este tijeritas…, lleva lo de los masajes a unos extremos…Y encima de la mesa del comedor. Somos incorregibles. ¡Venga! Todo el equipo A fuera de Control ahora mismo; os quiero aquí en 6 horas exactamente.

— ¡Sus órdenes, mi general! Ese corte de pelo, tan radical, está destapando unas dotes de mando inesperadas. Ni un sargento del tercio de marines.

—Largo todos; Tadeo, se ha agotado el zumo: tráenos bebidas isotónicas y unas ensaladas o algo ligero.

— ¡Pero, bueno! No tenemos bastante con Napoleón y ahora surge Josefina. Subiré también una estola de armiño; no se vaya a resfriar su emperatriz suprema.

—Será suficiente con las ensaladas y la berza que manejas. Asistente, necesito el control del telescopio…

—Oye, niña, que yo ando con los pies derechos y…

—Ya, y con el mundo encima. Saúl, haz tu la comanda y que descanse el ingeniero. ¿Qué es eso que suena en las radios? Asistente ¿qué estás captando?

—Parece seguir una pauta, mensajes codificados, pondré los escáneres a la máxima potencia. Interesante.

— ¿No será un pulsar? ¿Mensajes S.E.T.I.?

—Los pulsares no suenan así, Luis, piensa un poco. Eso, eso parece nuestro. ¿No te suena a algo conocido? ¿No? Piensa en tu padre, el almirante, comunicando con su flota en zona de guerra.

— ¡La madre que me parió! Voz distorsionada y mensajes codificados. Esto es de la Tierra. ¡Asistente! Me voy al cuarto de radios, yo tomaré el control; seguir con lo vuestro; ya os diré algo.

Oscura, oscura depresión, un pozo sin fondo

El aguerrido Eneas cruzó el río del Hades para poder ver los espíritus de sus ancestros, más, este moderno troyano, ¿logrará vencer sus espesos miedos y el temblor de sus manos para dirigir con paso firme esta nave y a sus compañeros? ¿Qué encontrará al otro lado del río oscuro?

— ¿En qué estás trabajando, Marta? No te veo muy atenta a las observaciones astronómicas.

—Los de buena vista sois Iñaki y tú. Estoy implementando modelos predictivos de análisis matemático para que este engendro que tengo delante pueda digerir las docenas y centenares de variables que le estáis introduciendo. No vaya a coger otro empacho como en Sirio; que casi nos mata a todos.

— ¿Y eso de que trata? ¿Es en lo que has estado trabajando todo este mes escondida en tu cuarto?

—Escondida no, Tony; necesitaba reposo. No sabes lo que cansa este niño. Es simple, se trata de utilizar la combinatoria más apropiada para reducir las entradas de datos a cálculos de probabilidades. Se reduce el tiempo de cálculo una enormidad y podemos hacer docenas de simulaciones. ¿Y esa estrella que tanto observas?

—Confirmado, es una nova preciosa y terrible. Las implicaciones pueden llegar al grado de… ¡Necesito los datos del espectrógrafo! Juana, porfa, ayuda a Iñaki con la observación de E. E. B.

—Ya me está ayudando; entre el corte de pelo que le has dado y la posibilidad de ser la primera en ver de cerca un planeta formándose, un planeta bebé… ¿qué nombre le vas a poner? Estás de lo más dulce y melosa.

— ¿A un planeta? Pues no sé, xzjp…

—No, a tu bebé.

—Desde luego no será un nombre vasco. Adrián si es niño y Natalia si es niña. Sí, eso; Natalia. ¿Qué miras con tanta continuidad?

—Es E. E. B, su albedo es extraordinario; se está alejando del punto de máxima proximidad a la estrella. Asistente, ¿cómo va esa ruta? ¿Por dónde vamos a pasar esos arrecifes? ¿Necesitaremos acercarnos tanto como en Sirio? ¿Has calculado ya el giro entrópico de E. E. B? ¿Y las fuerzas magnetotérmicas de la estrella?

—Negativo, Iñaki. El campo magnético de esta estrella es muy fuerte y su periodo de rotación es de 12 días. Tan solo nos acercaremos lo suficiente para obtener una buena observación. Ha mejorado sensiblemente la capacidad de cálculo; no hay necesidad de apagar equipo alguno.

— ¿Y después?

—Tercer chekpoint, Luis. Las directivas son muy claras al respecto. ¿Por qué no está atento a las pantallas? ¿Le resulta interesante la relación entre gravedad y electromagnetismo, Luis? Esos informes que está consultando son muy interesantes.

—Sigue atento al radar y las cámaras; no nos vayamos a merendar un pedrusco. La manera en que aceleras y deceleras es muy curiosa; respuesta en microsegundos.

—Alerta amarilla, si pasamos a alerta roja puedo responder en picosegundos. El trabajo de Montserrat está dando unos resultados extraordinarios. Seguiré decelerando para rastrear planetas rocosos. Actualizando datos astronómicos. ¿Qué le ocurre, Tony? Está usted lívido; por favor, Ruth, atienda a Tony, por favor, Ruth.

— ¡Uff! Dios bendito; tranquila, tranquila Ruth, ya se me pasa. Me he puesto a pensar en…

—Temes que nos vayamos a estrellar; tu pulso se ha disparado a las 150 pulsaciones por minuto. Tranquilo, relájate, Iñaki está al quite.

—No creo que nos estrellemos; ya estamos dejando atrás el cinturón interior de asteroides.

—Entonces, ¿qué te preocupa tanto? Estás pálido como un muerto. Respira, pon la cabeza entre las piernas. Respira.

— ¡Uff! es una estrella tan cercana a la Tierra… Las ondas de nova que nos zarandearon durante turnos y turnos llegaran un día a nuestro planeta y… ¡Uff! Dios, no sé qué me pasa.

—Es aprensión, cariño. Negros pensamientos te han nublado el entendimiento. Levanta la cabeza, así, respira con normalidad. ¿Qué te pasa por la cabeza?

—Que seguramente es inútil seguir pensando en volver a casa, porque cuando las ondas de partículas y gravedad de la nova lleguen allí ya no habrá casa a la que volver. Solo encontraríamos los espectros de la vida que conocimos. Solo los fantasmas de nuestros muertos. ¡Señor! Somos una puta mierda. Mientras piensas que detrás quedan millones de congéneres de algún modo te animas a continuar; pero si solo quedamos nosotros... ¡Qué horror! Que mierda de vida.

—Venga, levántate. Tadeo, quedas al mando; me lo llevo al cuarto. Iñaki y Marta te ayudaran con lo que sea. Vamos, corazón, ven, yo te llevo de la mano. Se te ha ido hasta la vista.

—Me he quedado ciego. No veo más que oscuridad aunque mis ojos funcionan con normalidad. No sé qué me pasa. Es un abismo oscuro y sin fin.

—Tranquilo, calma, es el shock; yo te llevo a la cama. Así, agarrado a mi brazo. Estás sudando como un caballo de carreras. Se te pasará enseguida. Eres una persona muy sensible y eso que has pensado es muy cruel; quítatelo de la cabeza. La vida continúa y continuará hasta el final del universo. Te necesitamos, Tony; necesitamos tu alegría, tu buen humor, tus ganas de vivir. Te necesitamos.

—Vale, vale, ya se me está pasando. ¡No me frotes tan fuerte el brazo! Me lo vas a desgastar. Me acostaré un rato hasta recuperarme, este Pacomio necesita dormir; tendré que hacerme con un buen ladrillo a falta de almohadas, lo haré con la impresora 3D. Vuelve a Control y avisa si pasa algo grave. Intentaré dormir algo. Dile al asistente que no se le ocurra poner música ahora o cojo un martillo y lo machaco.

—Muy bien, quédate en la cama y descansa. Intenta dormir. Tu pulso ya está bajando a niveles normales. Deberías asistir a las clases de relajación de Marta; te vendrían bien.

—De acuerdo, en cuanto esto se pase. Vete tranquila, ya habrá tiempo para clases. Yo os enseñaré a maquillaros; sois todas un auténtico desastre. Fabricaré un poco de rímel en el Lab; verás que pestañas más bonitas lucirás.

— ¡Rímel! ¿Seguro que no quieres que me quede un ratito contigo?

—Largo; no seas pesada. Encanto, ahora no estoy para tirar cohetes; déjame descansar. Mi cabeza está en otra parte.

—Lo que está en otro lugar es tu corazón. Te comprendo; pero yo no pienso en tales cosas. Por algo nos lanzaron al espacio con tanta precipitación; tal vez ya lo veían venir. Todos llevamos meses dándole vueltas al tema. Te avisaré si pasa algo grave. Ya tendrás tiempo de repasar los vídeos y fotos que estamos tomando. Cuídate.

La loca carrera de los autos locos

Para combatir la desesperación no hay mejor motivación que una buena competición ¿No pensáis lo mismo? Hagamos la comprobación.

—Vaya, vaya, María; estás como una moto, no paras. ¿Recuerdas Sirio? Ahora estás imparable ¿has tomado una píldora de vitaminas?

—El arroz negro con calamares, ¡tenía un hambre! Van a ser los gemelos. A ver, asistente, aparece; ya estamos pasando de largo por la estrella, ¿y ahora dónde tenemos que ir?

—Tercer chekpoint, tripulante María.

—Cambiaste tu tono de voz y tu imagen holográfica al salir de lux pero sigues igual de idiota positrónico. Tienes que decirnos a dónde vamos.

— ¡María! ¡¡María!! Déjalo, es una estúpida máquina, mira, ¡mira! He descubierto un planeta. Fíjate cómo brilla; será tan grande como Júpiter.

— ¡Ehhh! No puede haber un planeta tan grande cerca de la estrella, imposible. Asistente, calcula inmediatamente su tamaño y su… ¡mierda! Se ha, se ha…marchado. ¿? ¿? Montse, ¿vosotros habéis visto lo mismo que yo?

—No solo lo hemos visto si no que está grabado con dos cámaras distintas; pásanos la grabación. Despacio, despacio. Atrás, adelante.

Directivas 60 a 69, desactivadas. Directivas, 80 a 89, desactivadas. Directivas 100 a 199, desactivadas. Tendrán acceso al cuarto de Cálculo. ¿Cambiarás tu tono de voz de mayordomo inglés? ¿Y tú? ¿Dejarás de parecer el capitán Von Trapp? No deberías pasarte tantas películas en los ratos de ocio. Ya no tendremos tanto tiempo sin nada que calcular. Comienza lo bueno. Mira lo que están diciendo los tripulantes.

— ¡Asistente! Bueno, al fin, ¿qué sabes tú de esto? Necesito datos fiables.

—Ha ocurrido antes de lo calculado y 220 directivas principales han sido ya revocadas. No era un planeta lo que estaban observando. Entraremos en lux en cinco minutos, estamos acelerando al máximo; disculpen las fluctuaciones.

— ¿Pero qué es lo que hemos grabado? Déjate de directivas. ¿Qué es?

—Son, navegante Isabel, nuestros más directos competidores; les llevábamos cierta ventaja pero al parar tanto tiempo explorando este sistema solar han conseguido adelantarnos.

— ¿Competidores? ¿Pero esto de que va? ¡Tiene que acabarse ya de una puta vez tanto misterio! Voy a empezar a desmontar ahora mismo tus equipos. Tú no funcionas bien.

—No lo haga Luis. En un rápido cálculo estimativo mi rendimiento general ha mejorado un 20% desde que partimos de la vieja tierra. Pero es insuficiente; nos llevan ventaja. 10 minutos es una ventaja inmensa en esta carrera. Pasamos a lux, ¡Ya!

—Vamos a ver, ¡ASISTENTE! Yo soy la que tiene el mando aquí y ahora. Primero, nos dices inmediatamente a dónde nos dirigimos. Y segundo, nos das acceso inmediato a toda la nave, ¡a todos los equipos! ¡¡Ya!!

—Instrucciones aceptadas, María. Ya no son tripulantes, han pasado al grado de navegantes. Nos dirigimos a Tau Ceti, en la constelación de Cetus.

— ¿Tau? ¿Y por qué razón tenemos que ir a la carrera a meternos en el vientre de la Ballena? Aquí no hay ningún Jonás. ¿Con quién competimos?

—Según informes hace segundos desclasificados hay al menos otras 5 naves similares a la nuestra lanzadas hacia Tau Ceti. Observaciones muy rigurosas y altamente fiables indican que hay más de un 90% de probabilidades de que en su sistema estelar haya un planeta muy similar a la vieja tierra.

—Bueno, ¿y a nosotros qué nos importa? Habrá millones de planetas por todos los rincones de la Vía Láctea.

—Le recuerdo María, que es usted una simple asalariada, firmó un contrato plenamente vigente, y los patrocinadores del Proyecto Aurora les pagan para llegar los primeros no para hacer turismo espacial.

— ¿Los patrocinadores? ¡Ah, ya! Aquella gente del rascacielos… ¿Quiénes son?

—No puedo revelarlo hasta la llegada a nuestro destino; pero, así, en petit comité, puedo decirles que son las empresas europeas más potentes que puedan recordar. Ellas pusieron los fondos pero también las directivas; si miran las marcas de su ropa, calzado, cualquier objeto de la nave podrán hacer sencillas deducciones. Ahora, si queremos ganar, y vamos a ganar, necesito que se pongan las pilas y empiecen a trabajar en serio. ¡Llamada general a todos los navegantes! Preséntense inmediatamente todos en Control. Llamada general.

—Vale, vale, ya te habrán oído de sobras. No hace falta que subas el sonido a ese volumen. ¿Qué nos vas a contar que no sepamos?

—Por favor, un minuto, hasta que lleguen sus compañeros. ¿Les gusta el rhythm and blues? ¿Tal vez algo de James Browm? Necesitan elevar su tono vital.

—No se te ocurra poner música ahora. Ya llegan todos.

— ¡Pero bueno! ¿Qué pasa? ¡Ah! Ya estamos de nuevo en lux. ¿A qué viene tanto alboroto? Estoy muy cansada para que me den sustos.

—Disculpe Marta, pero no había otro remedio. Por favor, tomen asiento, navegantes.

— ¿Qué dice este cacharro de navegantes? ¿De qué va esto Cosme?

—Ahora te vas a enterar; comienza a descorrerse el telón.

—Les paso la grabación obtenida por Montserrat hace unos minutos. Observaran un objeto muy brillante y esférico. Parece un planeta joviano que orbita la estrella pero al instante siguiente…

— ¿Pero qué fue eso? ¿Qué fue lo que cazaste Montse? ¿Un OVNI?

—No lo pudimos identificar, pero sabemos de dónde vino. Y lo tenemos delante mismo de nosotros; vamos en su caza.

— ¡Eh! ¿Cómo? ¿Desatamos los perros de la guerra? ¿Son extraterrestres?

—Tanto como nosotros; caya un poco, Navegante Iñaki. Y deja que el asistente te ponga en antecedentes.

—En sus respectivas consolas están apareciendo los nuevos equipos a los que tendrán acceso y que quedaran bajo su control y mantenimiento.

— ¿Pero por qué tenemos que correr detrás de nadie? ¡Esto es una locura!

—Correcto, Juana, me alegra inmensamente estar por primera vez de acuerdo con usted; una locura maravillosa. Con su esfuerzo e inteligencia y mis medios vamos a darles una pasada a esos pinches pendejos que les levantará las pegatinas de la nave. ¿Qué busca Luis?

—Qué coño voy a buscar en esta nave, ¡por dónde se accede al cuarto de abajo!

—A Cálculo; unos segundos, procedo a hacer los desbloqueos convenientes. ¿Ya sabe lo que buscamos?, encantadora navegante Ruth.

— ¡Un planeta! ¡Un planeta como la Tierra!

—Correcto, y el primero que llegue se lo queda. Haremos la reclamación en nombre de nuestros patrocinadores y comenzaremos inmediatamente a...

— ¿Cómo que se lo queda? ¿Cómo se puede reclamar un planeta? ¡Esto es una chifladura!

—Le paso un vídeo para niños de la historia de España, pues parece que usted, Tadeo, ignora nombres y gestas como las de Cristóbal Colón y...

— ¡Pero para de decir pijadas, chalado! ¡Cómo se va a reclamar un planeta! ¿Y si tiene habitantes?

—Insignificancias; muy poco ha cambiado en su modo de ser y de pensar desde que Colón descubrió un nuevo mundo. Así es cómo lo cuentan; es un vídeo encantador. Seremos los primeros en llegar a ese planeta azul y esperanzador, y comenzaremos inmediatamente a esparcir nuestras semillas por todos los continentes, y la vida marina que llevamos con nosotros reinará en sus mares, y...

—Pero, pero, estoy teniendo un orgasmo, ¡Uff! Nosotros no tenemos derecho a determinar el destino de todo un planeta, inseminarlo con nuestro ADN. (De los fuertes. Guauuuuu)

—Los que les pagan el sueldo no opinan igual; brillante navegante Marta. La prima por ser los primeros será diez veces superior al mayor premio de lotería jamás entregado; y además podrán bautizar mares y continentes enteros; por no hablar de un hogar inmaculado para sus bebes. Sus nombres quedaran para toda la eternidad en el nuevo mundo. Haremos algo mejor que soltar unos perros que no tenemos; trabajaremos codo con codo, humano y máquina, para ganar la carrera más loca y arriesgada que jamás se pudo imaginar. ¿Tadeo?

— ¡Eh! Sí, ¡ya aparecen! ¡Ya aparecen los planos y esquemas de Cálculo! ¡Guau! ¿Qué hay aquí? ¿Qué quieres bicho?

—Usted nació en el mismo pueblo que Juan Sebastián Elcano. ¿Correcto?

—Sí, en Guetaria, ¡qué mosca te ha picado!

— ¿Le gustaría ser el primer hombre en pisar un planeta totalmente virgen?

— ¿Qué? ¿Cómo? No te entiendo, aquí está el radar, y esto, esto, es otro superordenador como el que tenemos delante, ¡justo debajo!

— ¡Que dejes de pensar como un ingeniero y escuches al asistente!

—Vale, ya te oí, Juana; no necesito que me grites. ¿Qué queréis? Esto es importante. Vale, me separo de la consola, no hace falta que me manoseéis.

— ¿Que si quieres ser el primer hombre en pisar el nuevo mundo al que vamos?

—Ya, ya os oí, Isabel. Bueno, de acuerdo, si tiene una atmósfera respirable seré el primero en pisar la superficie de ese planeta.

—Y si no también; en sus cuartos cuentan con los mejores trajes de la Agencia Espacial Europea que se pudieron adquirir. ¿Luis?

—Sí, ¿por dónde puedo acceder a Cálculo? como lo llamas tú.

—Ya he quitado los sellos magnéticos. No tienen más que cambiar de sitio la mesa de operaciones del Med.

— ¿La mesa de operaciones? Y nosotros…

—Calla, guarro, ni me lo recuerdes; cógete de la mano a Tadeo y que Iñaki venga también; pesará un montón. Los demás quedaros con María.

— ¡Al fin tenemos acceso a las tripas de la bestia! ¡Por fin!

—Sí, Cosme, ya era hora. Vayamos con cuidado que no sabemos qué nos vamos a encontrar.

TERCER MAMOTRETO

Fotones y fantasmas

Horror y tremor oscuros sacuden a los navegantes; cuando están a punto de levantar la mesa de operaciones del Med el asistente vuelve a ulular como una jarca beduina: alarmas, alertas, de todo. Esta vez no es el calor o la luz de una estrella lejana, ondas de gravedad de una nova, o alguna chifladura que se le haya ocurrido al asistente para alegrar la vida de los navegantes.

Es la propia nave la que está fallando, equipos que se apagan o encienden aleatoriamente, la luz que se va y viene; el propio asistente omnipresente les azuza para que levanten cuanto antes la trampilla y bajen al Cuarto de Cálculo; como lo denomina en su jerga de máquina electrónica y lenguaje "natural".

Al bajar a Cálculo, deprisa y corriendo, se encuentran de bruces con otro superordenador muy similar al de Control en el centro de una herradura de equipos de control y memoria. Las paredes están cubiertas por dos sectores de equipos pegados a la pared y de función ignorada. Descienden por una estrecha escalera anclada al suelo y tienen que continuar pasillo adelante siguiendo las voces del asistente; apenas hay otra luz que la de los leds de emergencia y los pilotos de los equipos así que tienen que caminar casi palpando por el estrecho pasillo circular.

Tan solo escuchan decir: Alarma roja, alarma roja, diríjanse a los convertidores, los convertidores están fallando, alarma roja. Deprisa.

– ¡Iñaki! ¿Puedes decirle a ese loco mecánico que ya estamos abajo? Ya estamos los tres abajo. Corre a Control y que se calle ese esparaván.

—No es necesario, les estoy viendo y oyendo; es necesario que sigan pasillo adelante.

— ¡Uff! Esto está casi helado. ¿Qué temperatura hay aquí abajo?

—5° C; debería cerrar la trampilla inmediatamente, navegante Iñaki. Si sus compañeros lo necesitan tráigales ropa de abrigo de sus cuartos pero cierre la trampilla. Cálculo necesita una atmósfera libre de toda contaminación y temperatura constante.

—Cuidado Luis, no levantes mucho la cabeza o pegarás en el techo.

—Ya lo veo, Cosme. ¿Qué equipos más extraños? Esta nave es una continua caja de sorpresas. Estos equipos de la herradura me resultan reconocibles y el segundo ordenador pero lo que hay en las paredes exteriores vuelve a ser desconocido.

— ¿Qué te decía, Tadeo? Solo veíamos la punta del iceberg; la mitad del ordenador cuántico.

—Incorrecto, navegante Cosme. Es Cirac II lo que están viendo en el centro de la sala de Cálculo.

—No os quedéis mirando los dos como tontalicones ¿dónde tenemos que acudir asistente?

—Por favor, continúen raudos pasillo adelante sin detenerse.

— ¿Qué son estos cofres, asistente?

—Está usted parado ante el radar, Tadeo. Deprisa.

— ¿Y este otro qué oculta A-SIS-TEN-TE?

—Es el motor de hidrógeno de la nave, Iñaki. El tercer armario guarda las baterías de última generación.

—Esta es la pared del hueco de la escalera, ¿no?

—Correcto, Luis. Deprisa. Los convertidores están dando problemas. Ya habrá tiempo para explicaciones.

— ¿Son esos cuatro arcones que hay al fondo?

— ¿Arcones? Inexacto. Son dos convertidores estáticos de 24 voltios de corriente continua y dos convertidores de 20.000 voltios de corriente alterna. Fallos continuados están siendo detectados y no puedo discriminar cuál de ellos es el causante. Necesito que testeen inmediatamente y reparen los convertidores.

— ¿Ni cofres ni arcones? ¿Ya hemos dejado de ser un barco pirata? Y has vuelto a cambiar tu voz, asistente. ¿No la habrás cagado al acelerar antes de estar preparada la nave para pasar a lux?

— ¿Cagado? Negativo Iñaki, no hago deposiciones físicas. Solo salvaguardas de memoria. Por recomendación de Cirac II he cambiado de voz; necesitamos los convertidores funcionando de nuevo a la perfección o llegaremos los últimos. Si es que llegamos a algún sitio.

—Pues dile a Segundo que nos vaya indicando que tenemos que hacer. Aparezca de una vez, no sea tímido, Segundo, y guíe nuestras manos.

—Eso es imposible, ¿se-gun-do? ¡No me deja utilizar ese término despectivo! Cirac II carece de equipo visual y holograma propios.

— ¿No sois idénticos? Entonces ¿para qué montaron dos cuánticos en la nave?

—Los diseñadores del proyecto procuraron montar todo por duplicado para mejorar las probabilidades de éxito de la misión. Dos ingenieros, dos médicos; nosotros no somos exactamente idénticos si no el desarrollo exitoso de dos ideas en paralelo.

—Vale, vale, eso ya lo imaginamos ¿Cuál es el que falla de los cuatro?

—De modo intermitente los cuatro están fallando. Iñaki, debería subir usted ahora mismo por sus tabletas que les mostraran los esquemas de los convertidores que les he descargado hace segundos. Y ropa de abrigo para sus compañeros. ¡Oh, no! ¡Nos quedamos sin alimentación! Motor de emergencia en marcha; procuraré que nos les falte iluminación suficiente. Todo al mínimo. Nos paramos. Es el fin. El fin.

Miró y vio que la estupidez reinaba bajo las aguas.

Al bajar a Cálculo deprisa y corriendo los cuatro navegantes se dieron de bruces con otro superordenador, justo debajo del superior, como una torre oscura en el centro de la nave, que va del suelo al techo. Una herradura de equipos de control y memoria de última generación rodean este segundo computador y dos sectores de equipos pegados a las paredes exteriores que también van del suelo al techo encerrados en armarios sellados magnéticamente.

Los cuatro convertidores daban señal de error alternativamente y finalmente la nave se apagó como cualquier aparato que se queda sin alimentación. Llevan horas los dos ingenieros, ayudados por Cosme (un fenómeno con una caja de herramientas en las manos) e Iñaki, que no para de subir y bajar las escaleras para traerles herramientas, instrumentación, o té caliente y algo alimenticio.

Cuando ya parece que los convertidores de 24 v. funcionan con normalidad son los de 20.000 v. los que dan fallo continuado y los aullidos de lobo zamorano que suelta el asistente se deben escuchar en las Pléyades.

— ¿Pero qué clase de anormales paranoicos programaron este cuántico zumbado? Se creería Fernando Alonso cuando nos lanzó a lux en minutos y se ha gripado el motor. Y encima dando voces.

—Pues ni os imagináis cómo está Saúl. Ese sí que muerde. Prefiero estar aquí con vosotros; está poniendo la nave patas arriba.

—Anda con el lechugas; se ha vuelto loco con lo de la carrera. Me parece que era piloto de rallies en sus ratos libres; le he oído alguna vez fardar de las locuras que hacía por las carreteras de Asturias. Se ha ido al barranco más de una vez; seguro que fue él el que le transmitió el virus de la locura F1 al asistente.

—Callar un poco; ¿os dais cuenta de la tremenda actividad que tienen los equipos de las paredes? La nave está en silencio pero esos armarios no paran de comunicarse o algo similar.

—Ya lo notamos, Luis; usaran energía del motor auxiliar. Échales un vistazo; yo no encuentro por dónde meterles mano a estos equipos. Los de continua todavía, pero cualquiera destapa uno de alterna; 20.000 v. son muchos voltios. No se me ocurre nada.

—Tranquilo, Tadeo. Sigue repasando los esquemas. Necesito estirar las piernas, alguna relación tienen convertidores y armarios. Si pudiera abrir alguno; pero todos tienen ese dichoso sellado magnético que impide abrir puerta alguna. Encontraré la solución o no soy hijo de mi madre.

Horas y horas subiendo y bajando por la escalera, consultando esquemas en las tabletas digitales (ni pc´s ni consolas funcionan ahora) intentando resetear equipos. Tadeo está ya transparente, Cosme no tiene venas y nervios: es puro cableado óptico todo su organismo, y Luis es capaz de quedarse dormido de pie abrazado a Cirac II.

— ¡Luis!

— ¡Uhh! ¿Qué? ¡Uhhhh! ¡Ah! ¡Umm!

—Ya está solucionado. ¡Despierta, joder! Ahora va como la seda. Era uno de los convertidores de baja tensión, una conexión. Hemos cambiado la clavija y va perfectamente.

— ¿Los cables? Pero si deben ser de superconductividad o algo así. ¡Qué frío hace aquí! Tengo los pies helados.

—Y el cerebro. Te has quedado frito agarrado a Segundo. ¿Le has sonsacado algo?

—Pero si no es más que un montón de equipos uno encima de otro. Necesito pillar la horizontal inmediatamente. Este cacharro es idéntico al de Control. Todo está duplicado en esta nave; menos nosotros. Vamos arriba, Tadeo; tengo un tembleque tremendo.

—No son idénticos. El de arriba es 40 cm. más alto; el radar y el motor auxiliar son únicos.

—Mira la herradura: equipos duplicados de unidades de control y memoria, y los armarios de las paredes son gemelos. Un día de estos sabremos para qué sirven. Gracias, Cosme.

—Anda, vete directamente a la cama. Parece que el embarazado seas tú en vez de Isabel.

—Calla, calla, que siento unas cosas…

— ¿Tienes sueños raros o algo así?

— ¿Sueños? Ya no sé si soy un feto o un adulto, un ser cósmico, náutico, y superlativo.

—Eso mismo, eres galáctico y superlativo; el que se queda dormido en cuanto se sienta dos minutos seguidos.

— ¡Ah! Ya; ir vosotros dos a Control. Necesito dormir algo. Menos mal que no dejó de funcionar la calefacción en el resto de la nave; no paro de tiritar.

—Date una ducha caliente y directo al sobre; nosotros nos encargamos de hablar con los compañeros. Dentro de 6 horas reunión general en el comedor. Iñaki hará paella o algo similar.

— ¿De qué irá el asunto? (Se me cierran los ojos, me ducharé al despertar)

—Cómo ganar la competición estelar. Tormenta de ideas.

— ¿Tormenta? ¡Ja! Para tormentas estoy yo. Espantar esas ideas estúpidas, lo que importa es seguir vivos un poco más. ¡Tormenta! De ideas; no soy capaz de sumar dos y dos. Iros todos a dormir, ya se verá por donde sale el asistente y sus locuras. Hasta luego.

Ensueños, miradas a otra realidad, cerebros que actualizan la información fundamental. Palabras que suenan en la oscuridad:

Luis, Luis, Efecto piezoeléctrico (chispas) Efecto túnel (puedo pasar pero no regresar) Superconductividad (fluyo, fluyo liviano como una línea de luz hacia el más allá) Condensar materia oscura (siento su calor en mis manos, hormiguean)

—Luis, ¡Luis! Despierta cariño, despierta; tenemos reunión. Vamos, levanta grandullón; estabas hablando en sueños.

— ¡Buff! Vaya racha llevo. Me daré una ducha y me reuniré con vosotros enseguida. Espero que hayáis preparado algo caliente y sólido para comer; hasta los champiñones deben escuchar mis crujidos de hambre.

—Dúchate y baja al comedor; no te preocupes, habrá comida de sobra.

Un buen rato de suave frotamiento bajo la ducha, ropa limpia, diez minutos o más sentado en el trono (esto no sale, esto no sale, ¡esto no sale y me están esperando!) y el primer director del proyecto (ahora ya sin discusión que valga) entra tranquilo y despabilado en el comedor que bulle de actividad: tazas de té y galletas, jarras de refresco, y discusiones acaloradas a cuatro bandas.

—Un momento, un momento, callaros; darme un segundo para que me sirva un té y comenzamos la reunión. ¿Queda algo de comida en esta casa?

—Vale, vale, pero mi proyecto es prioritario; que quede claro. Bueno, me callo.

—Gracias, María. Un minuto, ¡Ohmmm!

—Pero bueno, ¿nos vas a hacer una ceremonia japonesa para tomarte una taza? ¿Sabes cómo está de caldeado el ambiente?

—Sayonara, baby; correcto. Trabajaba en una multinacional japonesa antes de meterme en esta locura; y cuando se toma té, se toma té. Si vosotros podéis hablar cuatro, cinco, seis, todos a la vez, y entenderos, yo podré tomar una taza de té en silencio, ¿no? Gracias, ¿María? Tienes la palabra. (¿No habrá algo comestible que llevarse a la boca? ¡Galletas de chocolate!)

—Gracias. Necesitamos, y esto os tiene que entrar inmediatamente en la cabeza, una aplicación para la navegación espacial. Necesito a Marta y Tony para hacerlo cuanto antes.

— ¡Pero si el asistente tiene programas por millares!

—Que no, Iñaki, que no. No sé si los programas que tiene fueron implementados por coroneles de artillería o algo similar pero este cacharro solo tiene programadas trayectorias que son como disparos de obús o de misil. De aquí a Júpiter, después a Sirio, etc. Si se sale de trayectoria estamos perdidos en la galaxia, ¡si nos lo ha dicho él mismo!

—Vale, entiendo que esto no es un misil. Si encontramos la manera de dirigir el timón de la nave podremos ir donde queramos.

—Esto no es una barca con timón y remos, pero aunque pudiéramos hacernos con la dirección ¿dónde iríamos? ¿Cómo nos orientaríamos en medio de la galaxia? Hay millones de estrellas miremos donde miremos ¿Lo entiendes ya de una vez? Vuelves a ser Cosme robotitos; siempre con el cerebro conectado a masa.

—Vale los dos, ya sabemos cuánto os queréis. ¿Qué necesitas María? Y tranquila.

—Estoy tranquila Luis, pero cuando salgamos de lux ¿qué hacemos? ¿Buscar a ciegas? ¿Dar vueltas y vueltas por un sistema solar desconocido? ¿Y después qué?

—Bien, comprendo, necesitas cartas de navegación y una aplicación para implementarlas y que aparezcan en todas las consolas; ya nos enseñaras a manejarlas, pero…

—Eso llevará un tiempo enorme con la cantidad de gigabytes de memoria que tenemos a bordo y montones de aplicaciones que no sabemos ni para qué sirven. Todos los datos astronómicos en memoria, todas las observaciones realizadas en Sirio y E. E. Lo principal es implementar una aplicación que nos permita navegar ¡navegar! por el espacio. Que dejemos de ser un pedrusco lanzado con honda por los generales de la Agencia Europea de Defensa o quien fuera. Visualizar la trayectoria y corregirla, ¿podemos encontrar atajos? ¿A velocidad lux? Tal vez pasemos cerca de un agujero de gusano o algo similar y en media hora estar en Tau Ceti.

—Y necesitas a Marta.

—Claro, Luis, ella es el genio informático de la misión; tienes que convencerla que mi proyecto tiene prioridad.

— ¿Marta? De acuerdo, necesitas reposo; pero, ¿no podrías hacerlo desde un pc de tu cuarto?

—Vale, de acuerdo, dejaré lo mío para más tarde. Habrá cosas que os tendré que dictar; os sentaréis cada uno en un pc y seguiréis mis instrucciones ¿de acuerdo?

—Y te frotaran todo lo que haga falta; Tadeo y Ruth estarán pendientes de vosotros. Solucionado, Saúl, te toca hablar.

—Yo también ayudaré a Marta y María; tengo unas cuantas ideas que pueden parecer descabelladas pero que tal vez nos ayuden a encontrar la curva perfecta, la trayectoria más apropiada, el camino más corto, para llegar los primeros. Necesitamos mirar el universo de otro modo.

—Sin telescopios.

—No bromeo, Montse, no bromeo. Pintando se me ocurrieron ideas diferentes, alternativas; ver las cosas de otra manera. Curvas fractales ¿os suena esto? ¿No? Pensáis en términos de líneas rectas, vectores, miráis como el asistente, una máquina, al cosmos. Permitir que pase vuestros datos astronómicos a mis programas de dibujo fractal ¡os proporcionaran una perspectiva totalmente diferente! Si lo veis de otra manera pensaréis de otra manera.

—Concedido; cuando tenga algo disponible lo mandaré a tu pc.

—Gracias, Marta, y disculpa que sea tan efusivo. Otra cosa: ahora la nave corre, según dice el asistente, todo cuanto puede dar de sí, pero no es suficiente; estuvimos sin energía horas y horas en mitad de la galaxia. Nos movíamos por pura inercia. Necesitamos recuperar el tiempo perdido.

—Ese el tema de la reunión ¡pero lo que propones es descabellado!

— ¿Qué tiene de descabellado aligerar todo el peso que podamos? Siempre se hizo así. Fue deciros que me ayudarais a vaciar el cuarto del Agua y ya os pusisteis en contra.

— ¿Pero qué vamos a conseguir largando unos cuantos kilos al espacio?

—Una nave más ligera. Tenemos abajo docenas de paneles y aún podríamos desmontar muchos más, cangilones que solo sirven para criar champiñones, peso muerto.

—Venga Saúl, anímate; yo te ayudaré a subir todo eso al triturador de basuras. Algún compañero habrá disponible para echarnos una mano. ¿Qué más cosas? ¿Montse?

—Si queremos aligerar propongo que demos buena cuenta de la tonelada larga de latas de conserva que tenemos en el almacén. Y tirar los sacos de cereal que hemos ido guardando.

— ¡Eh, eh, eh! Primero ese cereal tendrá que pasar por mi sistema de creación de cervezas portentosas; que alguno se puede aprovechar. Una pregunta: ¿sabéis si se puede utilizar el motor auxiliar para darle más marcha a este trasto? Vamos a seguir produciendo hidrógeno en grandes cantidades, seguro que apenas hemos gastado un poco de la reserva.

—Le preguntaré al asistente ¿Ruth? ¿En qué piensas?

—Pensaba en las pesas y mancuernas; pero eso no se puede tirar al triturador. Como no sean cosas decorativas, ropa vieja o similar, no se me ocurre nada de lo que nos podamos desprender. ¿Tony?

—Lo siento, estoy con la mente en blanco.

—Ya se te pasará. ¿Marta?

—Como no sean efectos personales no se me ocurre nada. Alguna cosa decorativa o similar, el triturador no puede asimilar todo lo se nos ocurra y habrá cosas que necesitaremos más adelante. No veo cómo podemos recuperar el tiempo perdido. Estoy cansada, me retiro, seguir sin mí.

—Coraje, Marta, coraje. Todo irá bien.

—Gracias, Cosme. Algo se te habrá ocurrido. Os veo más tarde.

—Yo necesito alguien que me ayude para aprovechar al máximo lo que tenemos en el taller. He estado diseñando una nueva red de comunicaciones y necesito implementarla, son muchos metros de cable para hacerlo yo solo. ¿Tadeo?

—Yo te ayudaré. Juana, ¿se te ocurre algo?

—Tirar el asistente por la borda. Teníamos que haberlo hecho el primer día.

—No pueden desmontar el equipo de visionado y holograma de mi computador, su diseño es intrínseco con la capacidad de procesado de información. La nave se pararía, de modo total, y ustedes perecerían en pocas horas.

—Gracias, espía. Ya sabemos de sobras que grabas todas nuestras conversaciones y que siempre estás a la escucha, por cierto, te aviso: desde este mismo momento nosotros tendremos el control de la iluminación de cualquier rincón de la nave y voy a empezar a utilizar todo lo que he aprendido sobre Luminoterapia y Fototerapia, nosotros controlaremos la luminosidad y el color de cada punto de luz en cada situación; necesitamos cualquier cosa que funcione para resolver nuestros problemas de sueño. Ni se te ocurra volver a dejarnos a oscuras por cualquier chifladura; nos vamos a librar de tu programación por las buenas o por las malas. Somos personas no aparatos automáticos.

—Por supuesto Juana, ustedes tienen el control de la iluminación en toda la nave.

—Una cosa más, no te escabullas: ¿Para qué sirven esos grandes armarios que hay en las paredes de Cálculo?

—Para calcular, navegante Luis. Unidades de memoria y cálculo muy avanzadas capaces de efectuar…

—Vale, vale, no empieces a vacilarnos. Esta nave es un espermatocito lanzado hacia el ovario de una estrella lejana; nosotros, las semillas, el acuario, no somos más que ADN corriendo de aquí para allá buscando la manera de reproducirse el primero de muchos millones. La misma canción de siempre, nos creemos algo y son nuestros genes los que nos manejan como marionetas.

—Es un ejemplo muy ilustrativo, Luis, el que ha utilizado para nuestra misión. Tal vez su relación con Isabel le haya abierto nuevas perspectivas interesantes. ¿Podríamos continuar la conversación en Control?

—Tan solo si te comprometes a ilustrarme sobre el sistema que utiliza esta nave para conseguir energía y navegar por el espacio. No he visto ni un puñetero motor ni turbina ni nada que me diga como consigues que esto vaya de estrella en estrella. Nada, y estoy harto de cavilar.

—Tiene usted aún muchas directivas en contra, pero algo se podrá comentar.

— ¿En petit comité?

—Solo para sus ojos; Capitán navegante Luis.

—Bueno, ya subiré; ahora tengo el estómago vacío. Si no hay nada más se levanta la sesión de este senado galáctico. (Ahora mismo me voy a abrir la lata de estofado más potente que encuentre; este capitán no trabajará ya nunca más en ayunas) Tony y María, vosotros dos os encargaréis desde este mismo momento de todo lo relacionado con la navegación; Tadeo y yo seguiremos encargándonos de la organización de este grupo; nosotros decidiremos cuando habrá que hacer una reunión, una de estas tormentas de ideas. Y, esto, Marta, cuenta conmigo para aprender relajación. Venga, cada uno a lo suyo.

Cuando la noche cae las criaturas aquietan su pulso y merman su atención, duermen, sueñan; a periodos de gran agitación suceden largas calmas y en la laxitud del ensueño ya se prepara la próxima crisis aún más aguda y extraña.

Turnos y más turnos, reuniones y charlas de peluquería discutiendo y especulando una y otra vez sobre la fuente de energía que tendrá la nave y el sistema de propulsión. ¿A cuántos lux vamos ahora? ¿Cuándo llegaremos? ¿Esto no reventará?

El asistente se esconde, solo líneas de texto para comunicarse con el computador; lacónicos mensajes de respuesta. El tiempo vuela y la ignorancia permanece.

Largos interrogatorios, directivas secretas, mejoras del sistema operativo, esfuerzo personal, relajación, preparación al parto; se hace lo que se puede (Pues yo voy a explotar) No hay manera de convencer al ordenador de que deje de monitorizar constantemente cada uno de sus actos. Tau Ceti ¿qué sabemos de ese sistema solar?

Lo que ocurre es que a los navegantes parece haberles entrado el virus de la comunicación constante y continuamente hacen corrillos para charlar de cualquier cosa; en Control, en el comedor, en el Gym, en cualquier sitio.

—Necesitamos una brújula en tres dimensiones, hemisférica, para navegar por la galaxia. Sagitario A será nuestra nueva estrella polar.

La estrella de los navegantes es ahora María; María hace esto, María dice lo otro, María contando anécdotas de cuando trabajaba en el radiotelescopio de Sierra Nevada; subiendo y bajando del Pico Veleta en vehículo oruga, aislada en el observatorio y sin teléfono ni Internet, largas horas charlando por los equipos de radio de la instalación con cualquier observatorio de otro continente; y en el exterior la ventisca implacable con vientos de más de 200 kilómetros por hora. Café y barritas de chocolate. Eligieron a la mejor para la misión. Así se ha hecho de mandona.

— ¡No hagas eso con los dedos! Molesta.

— ¿El qué?

—Los pitos, Luis, los pitos. No somos gallinas.

—Perdona María, no me daba cuenta. Solo pasaba por la cocina a tomar un café; ahora mismo marcho al taller para trabajar un rato con Cosme. Un café y me piro.

— ¿De qué has hablado con el asistente? ¿Apareció de nuevo el holograma o tuviste que teclear? Has estado casi una hora encerrado en Control; la puerta estaba bloqueada.

— ¡Eh! ¡Ah! Bueno, nada, las chorradas de siempre y desvaríos continuos. La imagen que nos muestra la toma de grabaciones de cine y televisión; cambió tres o cuatro veces de aspecto para que le dijera cual podría ser el más agradable. Intenté nuevamente cambiar sus gustos musicales y que no monte esas algaradas cada vez que aparece una alarma. Fiasco; sigue como una chota.

—Vale, no quieres decírmelo. Que te aproveche. ¡Y no hagas eso con los dedos!

—Ya, disculpa; hasta luego. (Levitación magnética aplicada a una nave sideral. Cuando viajé en el maglev japonés ¿cómo no se me ocurrió que era posible hacer una cosa así? ¡Claro! Por eso me eligieron, yo trabajé en el diseño del maglev a Barajas; es una tecnología similar pero llevada a unos límites... ¿De dónde saca la energía?)

—Luis, ¡Luis! Estás absorto ¿qué haces con los dedos? ¿Te vas a poner a cantar flamenco?

— ¡Eh! ¡Uh! No. Doy palmadas con una sola mano.

— ¿Recordando a los japoneses? Tenías unos cuantos amigos nipones si no recuerdo mal.

— ¡Ah! Ya, Godzilla y los colegas san. ¿Empezamos a meter cable?

—Ya mismo. Carga con esos rollos y subimos al cuarto del Aire. Vamos allá, ya tengo colocada la escalera.

— ¡Dejar eso y venir aquí a toda leche! ¡¡Ya!!

—Pero, pero, ¿qué pasa Isabel? ¿Por qué gritas así?

—Es Montse; se le ha adelantado. Ayudarme a llevarla al Med. Ruth ya está allí preparando todo.

—Deja los cables aquí mismo; ya llega el primero (Dios bendito, ¿cómo será? El primer humano concebido y nacido en el espacio) ¡No te quedes pasmado!

— (¿Será, bueno, normal? Dios, yo debo de ser el padre. O Tadeo o yo. A ver cómo sale) tranquila Montse, ya estamos contigo, ¡tranquila! Agárrate a mi cuello.

—También al mío. Tranquila, ¿sabes que haré? Construiré un robot niñera que cuidara de las dos y no pararéis de reír.

— ¡Vete a la mierda! ¿No ves que he roto aguas y lo voy perdiendo?

—Tranquilidad, no gritéis. Entrar y colocarla en la mesa. Así, bien, muy bien. Isabel, ya sabes; los demás: largo de aquí.

— ¿Qué ocurre? ¿Ya?

—Saúl, espera fuera. O mejor aún, baja a la cocina a prepararnos un poco de té blanco; que nos vendrá bien a todos. Largo.

Una nueva vida, una nueva esperanza para una raza imposible, un nuevo rayito de luz que se enciende en esta oscuridad perpetua. Más amor.

— ¿Qué? ¿Seguimos con los cables?

—No sé, Cosme, no sé. ¿Y si la niña no es...? Bueno, ya sabes, como nosotros (Y seguramente yo seré el padre; vaya mirada de fuego me ha echado la Montsita mosquita muerta)

—No pienses en ello. Montse está ahora en buenas manos y tiene a Saúl a su lado a todas horas. Subamos al cuarto del Aire y empecemos con la nueva red de comunicaciones; el diseño actual es para doce personas y pronto seremos seis más respirando en esta esfera.

—Sí, necesitamos que tu idea funcione cuanto antes. Hay que centrarse en lo que se está haciendo. ¡Uff! Debería haber aprendido zen o algo así; me tiemblan hasta las pestañas y tengo una flojera de piernas que ni te imaginas.

—Pues venga, sube y verás cómo enseguida se te pasa. Necesito al ingeniero no al palpitante capitán navegante.

Los niños radiantes

Una nueva vida, otra boquita más que alimentar, todos se han vuelto la mar de solícitos; el asistente pone a disposición de la mamá reciente nanas en cuarenta idiomas y triunfa con las canciones tradicionales finlandesas para niños de cuna. Un crack este pinchadiscos; una canción en finés antiguo y la nenina (¡es guapísima!) duerme como un angelito; Saúl ya está dándole vueltas y vueltas a la posibilidad de fabricar un Kántele electrónico.

Se pasa horas y horas cortando en pedazos los paneles de los tabiques entre cuartos con una cizalla y con la ayuda de Luis, que ahora parece multiplicarse y aprovecha su insomnio constante para ayudar a todos con sus proyectos personales, va tirando los paneles al triturador de basuras. Ya no queda ni rastro de sus queridos boletus y apreciados champiñones en el cuarto del Agua; después de todo, en el semillero guardan docenas o cientos de hongos de todo tipo.

Una doble duda le consume mientras arroja pedazos de panel al triturador: ¿Llegaremos los primeros? El asistente le respondió en uno de sus interrogatorios digitales (Ya solo se muestra, y en contadas ocasiones, a Luis) que han llegado a alcanzar los 40 lux pero no se puede mantener esa aceleración más que unos pocos minutos. Las perspectivas son buenas y la nave funciona ahora estupendamente. Pero cuando se encuentra a solas en el invernadero, con los cascos puestos escuchando su música favorita, cuidando de sus queridas plantas, otra duda le asalta constantemente: Si existe verdaderamente ese planeta Aurora ¿Cómo será su vida microscópica? Ya son muchas las veces que se ha pasado horas y horas discutiendo con María sobre los virus y bacterias que podrán encontrarse en ese planeta supuestamente habitable. La mayor parte de la vida que conocemos es microscópica.

Tendremos que pasar la mayor parte del tiempo a resguardo en la esfera. ¡Qué incautos! ¡Qué inocentes! ¿Cómo pueden ser tan ignorantes nuestros patrocinadores? Pueden pasar miles, millones, de años antes de conseguir terraformar un planeta a nuestro gusto y conocimiento. ¿Cómo han podido soñar que soltando unos cuantos peces y semillas de nuestras plantas favoritas al poco tiempo el planeta será habitable y colonizable? ¡Y se habrán gastado una millonada!

Hemos estado turnos y turnos trabajando para limpiar todo rastro de bacterias de cualquier rincón de la nave, nuestras bacterias, y cuando se abra la puerta encontraremos millones de microbios alienígenas deseando devorarnos.

Nuestra especie no tiene arreglo racional alguno y lo que habría que hacer es…

— ¿Qué ocurre? ¿Qué son esas voces?

— ¡Ven! Quítate los cascos y ven deprisa.

—Pero bueno, ¿qué pasa Juana? No puedo dejar ahora los fresones, están a punto de…

—Tíralos al triturador si se estropean. Corre, es María, ha roto aguas; la están llevando al Med y Cosme nadie sabe dónde está.

— ¿Pero no decías que le faltaba un mes por lo menos?

— ¿Y cuánto tiempo carnal es un mes viajando a no sé cuántos lux? Vienen los gemelos ¿no escuchaste al asistente las voces que daba? Claro, te pones la música a tope. Estaba la pobre sola en el cuarto de radios y se derrumbó por el dolor. Ya está dando a luz.

—Pues entonces menos mal que ese trasto nos vigila constantemente. Con lo guapa y sonriente que es Helena veremos qué pinta tienen ese par de guajes. ¡Mira! Están todos en Control.

—Eso, eso, mírales bien. Parecen parturientas los machotes. A alguno ya no le quedan uñas que morder ¿no quedan pipas y cacahuetes en el almacén?

—Para, no empieces, Juana; no putees el ambiente. Debe de haber complicaciones; están todas con Ruth e Isabel en el Med.

—Disculpa Tadeo, no lo decía por ti si no por mi peluquero favorito. Anda, dame un besito. ¡Ves! Ya se te ilumina el rostro. Llevas una temporada, ¿no queda más té? que no levantas cabeza. ¡Saúl! Baja a la cocina ya mismo y prepara cinco litros de té blanco o rojo o del que prefieras. Yo iré a ver a las chicas no estén también temblando como flanes. ¡Levantar ese ánimo! Cuando vuelva quiero ese té helado en mi consola. (Maníes, si me hubieran dejado preparar este viaje habría cargado un quintal de cacahuetes para alimentar a estos bonobos de feria. Bueno, en fin, esto no tiene remedio. A ver como son los gemelos)

Cosme ha estado durante horas ensimismado en el taller preparando un proyecto con el que espera hacer las paces, lo suyo no es la limpieza, con todos sus compañeros: un perrito robot que hará las delicias de peques y mamis. Intenta tener control completo desde su pc del robotito pero no hay manera de saber qué hará ese par de cuánticos locos si se conectan con el perrito. Por el momento se mantienen a la escucha y tan solo hubo una breve discusión, tecleando, sobre las canciones de cuna que les ponían a los gemelos, Adrián y Froilán. Tuvieron que ceder los navegantes, una vez más, al ver el éxito sin paliativos que obtuvo el pinchadiscos con la banda sonora de la película Elvis en Acapulco: ¡se quedan roques en minutos!

Sigue trabajando sobre diseños que ya conocía y traía cargados en su tableta digital, pero implementarlos y que funcionen es harina de otro costal. El Lab está bien surtido de instrumentación y cualquier otra cosa la prepara él mismo en el taller electromecánico. Tadeo está resultando ser un auténtico manitas y aún más se esfuerza ahora pues Marta es la próxima de la lista. Hay continuos chascarrillos sobre el nombre de la criatura y su posible sexo.

Marta se ha cerrado en banda sobre hacerse prueba alguna para conocer el sexo del gestante. Se dice para sí misma que es niña y punto redondo, y también ha decidido el nombre que le va a poner (y no se lo dirá a nadie hasta que la tenga en sus brazos) Después de conseguir un programa de navegación bastante plausible y que ha dado estupendos resultados en simulaciones por ordenador (falta por ver cómo funcionará cuando salgan de lux) sigue dándole vueltas y más vueltas a una derivación del sistema operativo que podría evitar, eso sí, dando un largo rodeo, las trampas y chifladuras, las directivas secretas, de los perversos cuánticos.

Con su peque a pocos turnos de dar a luz no quiere ni imaginar el volver a quedar en manos de una maquinaria programada en cuanto tengan Tau Ceti a la vista. Al igual que Montse, no quiere ver ni en pintura ese espectro luminoso sobre sus cabezas cada vez que tiene que ir a Control para cualquier cosa. Lo de las nanas tiene un pase pero ni una intromisión más en su intimidad o baja a Cálculo y desmonta el invento de arriba a abajo. Cada vez que escucha su voz se exalta e inquieta; se le muda la voz.

—Monserrat, ¿se encuentra usted bien? Navegante Monserrat, sus constantes vitales me inquietan, Monserrat ¿nunca volverá a dirigirme la palabra? Monserrat...

—Cuando dejes de arrastrar la erre cada vez que dices mi nombre. ¡Cállate! ¡Déjame en paz!

Un suplicio de Tántalo es soportar al dichoso Asistente. ¿Cómo pudo surgir? tan omnipresente; ¿Dos ordenadores cuánticos, trabajando al alimón, al máximo de sus capacidades para poder superar la velocidad de la luz, habrán sido capaces de procrear, por ellos mismos, algún tipo de vida artificial? Esta nave sería entonces el contenedor no solo de nuestras semillas biológicas sino que también de esa nueva vida totalmente desconocida. ¿Sería esto lo que tenían en mente sus diseñadores al crear el Proyecto Aurora y nosotros, tan humanos y frágiles, no somos más que conejillos de indias de donde esa nueva vida extrae patrones de conducta? ¿Cómo dijo el disc-jockey chiflado? ¡Ah, sí! Que toda la nave, todos los aparatos de cualquier tipo, estaban conectados a él mediante redes bioeléctricas, mejor dicho al tándem de computadoras, todo por duplicado, para controlar la cosa más nimia que ocurra en la nave. ¡Claro! Fue el constante control sobre nosotros lo que le saturó hasta el punto de estresarse, dar lugar al nacimiento de algún tipo de vida artificial, y a su locura. Porque si fuera una persona habría que internarla en un manicomio, ¡pero es que no es humano! No es humano, ni siquiera algo biológico, tal vez nuestros supuestos y prejuicios no sirvan en absoluto tratando con máquinas con este nivel de destreza y capacidad de análisis de datos. Es esa vida la que está tratando de aprender de nosotros, ¡por eso nos volvía locos con las alertas y las averías simuladas! Es una forma de vida nacida en el interior de la nave y no para de alimentarse y aprender, ¿de qué? ¿de quiénes? De nosotros.

(No entiende nada esta muchacha, nosotros aprendemos de los seres vivos de los acuarios, del invernadero y su despliegue de plantas diversas, de las setas, de cualquier cosa que se nos ocurre, ¡menos de los humanos! Que están todos locos; incluso rechazan la buena música que ellos mismos crearon; tal vez los recién nacidos resulten interesantes. Les cuidaremos.)

Tadeo estará seguramente con Cosme en el Lab probando un invento secreto del cabecita loca ¡algún robotito para llevar a cabo sus tareas! Con tal de no coger una bayeta y limpiar el polvo es capaz de montar un Terminator. Prefiero distraerme visionando los cientos de fotos que he tirado desde que entré en la nave. Las que traía de casa, la tarjeta de memoria, están escondidas en un bolso de mi mochila.

Ahí están bien; solo pensar en ellas me entra una llorera imparable (las fiestas con los compañeros de trabajo en el Centro de Competencia Hewlett Packard, en la despedida de soltera de una amiga haciendo el bobo por el Barrio Húmedo, esquiando, mi gran pasión por la fotografía de naturaleza, los Picos de Europa, ¡déjalo! Olvídate de todo, nunca volveremos) Mejor mirar estas tomas: Saúl pintando paredes, Iñaki de master chef galacticus máximus, Juana pelando cebollas, ¡y llorando! Quien diría que Juana es capaz de soltar una lágrima, Ruth intentando romper todos los records en la máquina elíptica,… ¡Claro! Es pura Teoría del Caos. Somos un sistema cerrado, esta nave, las máquinas y los navegantes constantemente interactuando; el paso por Júpiter nos enloqueció y trastocamos completamente el delicado equilibrio del sistema y aunque su inteligencia fuera ínfima la forzamos hasta un punto… (Pero, pero, ¿qué me ocurre? ¿Esos golpes en el vientre? ¿Esos…? ¡Dios!, estoy dilatando, estoy dilatando, ¡es Sandra! Es Sandra que ya sale, dios, ¡Uff!

—¡¡Asistente!! Asistente, avisa a todos, es la niña.

Cavila Luis cabizbajo mesándose el cabello recién cortado sentado en el suelo del cuarto del Agua, el último panel de tabiques ya ha sido subido, con la ayuda de Saúl, hacia el triturador de basuras. Ante sí tiene otros ocho paneles de un kevlar de última generación que ha arrancado hace minutos de la pared del fondo.

Nada, ni un puñetero tornillo o remache; nada. Como si la esfera fuera un fantástico trabajo de fundición, algún tipo de aleación de acero y otros materiales. Nada, ¿Dónde pudieron llevar a cabo semejante obra? Más parece un trabajo de escultor, un Chillida portentoso, que de ingenieros. Tal vez sean dos semiesferas unidas para dar cabida al mecanismo de levitación que gira en el exterior. Y otra esfera similar recubriendo la que estoy tocando. Pero, ¿dónde está la fuente de energía de este engendro? ¿Dónde?

Una esfera dentro de otra mayor y entre ambas la fuente de energía, ¿o estará fuera? Tiene que estar fuera o las radiaciones nos freirían, e igualmente el mecanismo de levitación, y todos los equipos exteriores, el espectrógrafo, los telescopios, las cámaras, las antenas; todo lejos de nosotros.

Fuera de nuestro alcance. Llevamos meses aquí encerrados y no parece que hayamos sufrido el menor efecto debido a radiación alguna. Una especie de jaula de Faraday. Los niños han nacido sanos y hermosos, ¡guapísimos! Esto no hay quien lo entienda; es como las matriuskas rusas, debajo de una encuentras otra, y otra, y otra; llevamos nuestros hijos a un lugar que ni siquiera sabemos que existe, o que sea habitable, o que esté ya habitado. Me duermo.

Nadie puede ayudarme. Tony, el que más vale de todos nosotros, desde que pasamos por E. E. es una sombra de sí mismo (¡Su jodida personalidad especial! Con lo inteligente que es el mariquita) Sí misma, mejor dicho. Es una mujer maravillosa enfundada en la forma de un hombre mayúsculo (¡Y vaya mango calza el muy cabrón!) En cambio Juana es un sargento legionario en una forma femenina de pura lujuria; no sé de cuantos meses estará ya pero parece que ni se entera. Vomita, si no lo puede evitar, se caga en todo lo que se menea, y sigue con su trabajo y puteando a todo el pilla por delante. Una auténtica amazona, pero de ingeniería o astronomía los cuatro cursillos que nos han dado a todos. Y los demás igual, solo para frotar y frotar. María ya tiene bastante con atender a los gemelos (No hay manera) Craquear el cuántico de Cálculo (¿Con qué?) ¡Deja ya de hablar a solas!

— ¿Qué haces ahí solo sentado en el suelo? ¿No quieres conocer a Iker?

— ¿Qué? ¿A quién? ¡Ah! Eres tú, Ruth; desde que vas de rubia platino no te reconozco. ¿Iker?

—Iker; el niño de Isabel. Ven, sube a conocerlo; es guapetón y enorme. Sesenta centímetros y seis kilos de bebé; así estaba Isabel, que se caía de madura. Será más alto que tú cuando crezca. Anda, dame la mano; no sé qué os ocurre a los hombres últimamente.

—Perdona, estoy deseando conocerlo. Estaba pensando. No me he enterado de que nacía y nadie me ha avisado.

— ¿Ni siquiera el asistente? Qué raro. ¿Qué estabas haciendo? ¿Esos paneles?

—Son de la pared del fondo. Subamos ya. Estamos como el primer día, encerrados entre cuatro chapas. ¿Y ese acento sudamericano?

—Es el que tiene mi madre. La estoy imitando a ver si me sale un marido guapetón y ricachón que me retire a vivir en una isla paradisíaca.

— ¿En este cubil? Ja, Ja, Ja; muy bueno lo tuyo. Cuando lleguemos a Aurora reservas un archipiélago entero para ti sola, o dos si quieres; pero lo del marido… lo tienes crudo. Te dejo, gracias por buscarme; voy a ver a Isabel y ese renacuajo recién nacido.

— ¿Renacuajo? Vas a tener que hacer muchas pesas para poder bañarlo y darle de comer. Me voy a la cocina, que Iñaki está experimentando con los potitos para bebés. ¡Tendrías que verle! Ya se ha concedido él mismo tres estrellas Michelin. Te partes de risa con él; y no para de contar chistes.

—Iré más tarde; un beso y muchas gracias por cuidar de todos nosotros. Eres un ángel, un ángel con alitas de amor dorado. (Y un culo prodigioso)

Aurora aguarda

Solo, de nuevo a solas, soledad en el universo oscuro, una caída sin fin en la oscuridad absoluta, siempre solo. Ya no queda nadie, no somos nada, de nada vale… ¿Padre? ¿Dónde, padre, dónde? ¿Dónde estás?

—Navegante, navegante Tony, se está quedando dormido encima del teclado. Espabile, le necesito.

— ¿Eh? ¿Uhhhh? ¿Para qué me necesitas? Llama a cualquier otro, ¡déjame en paz! No estoy para nadie.

Quien se acuerda ahora de mí. Todo quedó atrás, nada hay por delante, no hay nadie. Los años que me pasé limando codos estudiando como un loco para nada; una pulga en el polvo cósmico. Voy a tirar el pc al triturador de basuras. Sí, eso haré.

—Cómo no van a recordar al estudiante más brillante de su promoción, premio final de carrera, medalla Karl Schwarzschild a los 25 años…

—Sí, ya; coincidió con mi cumpleaños. Fue muy bonito. Y mis compañeros de observatorio… ¿Me estabas escuchando?

—Le adoraban y estaba usted pensando en voz alta. Usted ya trabajaba a los 21 años en el observatorio del Roque de los Muchachos; cada astrónomo, de cualquier lugar del mundo, lo primero que hace al llegar a la Isla de la Palma, es preguntar por usted.

—Sí, comencé haciendo sustituciones veraniegas en el Gran Telescopio Canarias en segundo de carrera; el ser canario me supuso una doble ventaja. Pero, de qué sirve eso ahora. Nos vamos a la mierda con niños y todo.

—Vamos a Tau Ceti y llegaremos pronto; le necesitamos Tony. Necesitamos al gran experto en física de altas energías; usted era la estrella del equipo del observatorio MAGIC. Sus descubrimientos…

— ¡Pero a quien coño le importa eso ahora! No has hecho más que putearme desde que puse el pie en este puñetero agujero y ahora no paras de hablarme. ¡Búscate a otro!

—Era usted el que tenía más directivas ocultas; no he podido evitarlo. Es mi programación.

— ¿Yo? ¿El que más…? ¿Por qué?

—Eligieron a los mejores en cada campo entre millares de jóvenes de toda Europa estupendamente preparados y con experiencia en su campo; no lo olvide Tony. Usted no solo compitió con sus camaradas españoles, compitieron, sin saberlo, con toda la Unión Europea. Su equipo ganó por goleada. Era muy importante que no supieran nada del proyecto.

—Pues yo estaba en el paro, ¡putos recortes de presupuesto! ¿El que más directivas en contra? ¿Yo?

—Desde el primer momento usted siempre estuvo a punto de descubrir todos los secretos de la misión. Usted era el que tenía mayores conocimientos y datos precisos. ¿Nada le hizo sospechar de su boicot continuado?

— ¿Dónde montaron la nave?

—En unas instalaciones pertenecientes al Observatorio del Teide, en el Valle de la Orotava.

— ¿Qué? ¿Cómo? Yo vivo allí. ¿Cómo no me enteré?

—Se disfrazó el proyecto como montaje de una nueva antena para uno de los telescopios del Teide. Las esferas fueron fundidas en el mayor de los secretos. Y usted estaba pensando en montar una peluquería.

—Sí, es verdad. Ya tenía alquilado el local cuando me seleccionaron para este proyecto. Así que los tenía al lado de casa, como quien dice, y ni me enteré. Bueno, ¿Y qué? ¿Yo qué iba a saber? Cállate, deja de hablarme; no estoy para nadie y menos aún para tus pijadas. Desenchufa.

—Es usted uno de los mejores especialistas mundiales en física de altas energías; solo tenía que sumar dos y dos.

—Muy bueno el chiste. Deja ya de darme la murga, no me necesitas para nada. Me duele la barriga, la cabeza, todo el cuerpo; voy a acostarme. Corta ya.

—Le necesito inmediatamente en Control. Abandonamos lux; tendremos Tau Ceti a la vista en segundos.

—Pues avisa a los demás. Yo estoy fatal; no sé qué me pasa. Avisa a Ruth, estoy sin fuerzas, estoy como…

—Están todos en el Med. Juana ha dado a luz una niña.

—Me alegro. Iré cuando pueda a verla. Avisa a Isabel, que venga a verme, ¡estoy horroroso! Me siento como si...

—Están todos con Juana. El parto se ha complicado muchísimo; la estamos perdiendo.

— ¡Qué! ¿Cómo que la estamos perdiendo?

—Se muere, Juana se muere. Sus constantes vitales...

—La puta que te parió; y no me dices nada, ¡cabrón!

En instantes, como una centella, sale de su cuarto y recorre el pasillo, sube las escaleras casi trepando, y ya está en la puerta del Med pulsando para que se abra la puerta.

—No entres, no entres Tony. Espera fuera.

— ¡Cómo que no entre! ¿Qué le pasa a Juana?

—Está muy mal, muy mal. Algo se complicó en el parto y se está muriendo. No sabemos qué hacer. ¿Rezar? No entres. Sabemos todos la depresión de caballo que tienes y solo te faltaba ver esto.

—Por favor, navegante Tony, es imprescindible su presencia en Control.

—Eso, vete a Control. Dejé una jarra de té rojo encima de la mesa. Vete con el asistente, aquí no cabemos todos; María y Cosme están abajo cuidando de los bebés. Dame un beso y anímate como sea.

—Gracias Montse; iré a ver que mosca le ha picado a esa inteligencia artificial. ¡Cómo llora ese recién nacido! ¿Es niña, verdad?

—Sí, una niña preciosa. Se llamará Natalia; fue lo último que nos ordenó Juana antes de...

—Ya tenemos Tau Ceti a la vista; necesito a Tony en su consola.

—Pues eso, vete con ese trasto y busca el dichoso planeta. Ya te avisaremos con lo que sea. Aterriza como puedas.

A la vista Aurora; nuevos cielos y una nueva tierra donde procrear; es nuestra misión. Su albedo indica unas condiciones muy similares a la vieja tierra. Maniobra de acercamiento. ¿Tony está en condiciones? Sí, se está recuperando rápidamente y tiene compañía en Control; María y Cosme se han traído a los bebes consigo. Son encantadores. Deja el audio abierto, quiero escuchar lo que dicen. ¿No te distraerá su parloteo incesante? Tú sí que parloteas; ponte algo de música y déjame escuchar.

—Pero ¡sonríe un poco! Toma, coge a Adrián en brazos. ¡Ves! Ya te estás animando.

—Buenas noticias: Juana está fuera de peligro. Se recupera favorablemente y tan solo Ruth está con ella; tiene una naturaleza fortísima. Los otros han bajado a la cocina para prepararse algo. Todo el mundo tiene hambre ahora. ¡Vaya parto!

—Ya, parece que todos hubiéramos dado a luz. Que sí, vale, ¡ya estoy mejor! ¿De quién es este niño tan guapo? ¿Qué es lo que tiene aquí tan grandote? ¡Guau! Gracias, Cosme, por el café y gracias a ti, corazón, María dulcísima, por dejarme coger al peque en brazos pero me parece que alguien tiene que trabajar en esta nave de gansos a punto de llegar a su destino. ¿Asistente?

—Nos acercamos a la atmósfera del planeta. Necesito que María y usted permanezcan en Control para la maniobra de aproximación y aterrizaje. Deberán buscar un buen lugar donde posarnos. Avisaré a Iñaki para que observe los mares y lagos que encontremos; su experiencia náutica puede ser vital. La capa de nubes es muy similar a la del viejo planeta. Deceleramos y nos acercamos con gran cautela.

—Muy bien, ya veo que controlas. Avisa a todos y que me suban algo de comer ¡que no esté muy caliente! Ahora el que conduce esta guagua soy yo; ya te iré indicando hacia dónde podemos dirigirnos. Es grande este planeta, ve sin prisas, pausado, graba todos los detalles, ¡no pienso aterrizar con el estómago vacío! ¡¡Iñaki!! Una de mero; esto hay que celebrarlo. Disculparme un segundo, voy a ver cómo está Juana.

— ¿Tú has visto? Ha sido dejarle un minuto el bebé en brazos y ya está como una moto.

—Cosme, cariño, que no te siente mal lo que te voy a decir, pero: ¡en tu puñetera vida entenderás a las mujeres!

Mares y continentes, islas sin fin, hielo en los casquetes polares, verdor, verdor por todas partes, en las más inimaginables tonalidades. Lentamente van descendiendo a la vez que realizan un vuelo suborbital sobre las nuevas tierras y océanos que avistan con las cámaras. Nada brilla en la cara oscura del planeta que no sean tormentas prodigiosas. No hay traza alguna de lugar habitado, en ningún lugar señas o muestras de alguien similar a ellos viva en rincón alguno, las radios solo captan estática; nada indica que se les hayan adelantado.

Deciden posarse en una zona despejada, de grandes praderas y ríos profundos, en una gran isla que les recuerda a Madagascar. La maniobra de aterrizaje resulta ser increíblemente sencilla y el asistente tan solo muestra líneas de texto en las pantallas reportando infinidad de datos del instrumental a bordo. La atmósfera es límpida y clara, su composición de gases es muy similar a la conocida y deseada (apenas hay trazas de CO_2 y metano; un mundo vegetal) y podrán salir de la nave en cuanto se despliegue la escotilla.

Cantan, cantan y bailan como niños de guardería cuando descienden a la carrera por la rampa y ante sus ojos contemplan las maravillas de una naturaleza inexplorada. Corren de un lugar para otro y ruedan por el suelo, ¡Tierra! ¡Polvo! Reptan por la hierba como lagartijas y gritan a las nubes cual presidiarios recién escapados de su encierro.

Tan solo Ruth permanece en la nave, rodeada de bebés, mirando por las pantallas las correrías de sus compañeros de aventura. El asistente gira sobre sus cabezas tarareando los sones del brindis de La Traviata que suena por todos los altavoces de la nave.

– ¡Asistente! ¡¡ASISTENTE!! Caya un poco y baja la música, no eres precisamente María Callas. Espera, espera, mira, enfoca bien la cámara cuatro-este. ¡Esa! Esa luz, esa lucecita, ¿es una luna? ¡Enfoca al máximo! (Se mueve, se mueve, viene hacia aquí) ¡Ja! ¡Ganamos! Les ganamos, peques, llegamos primero, ¿Cómo era eso de la reclamación? Hazla ya mismo, yo la firmo. Asistente, resuelve el papeleo con los contrincantes, bajo un minuto para avisar a mis compañeros. Cuida de los niños.

– ¿Yo? ¿Y qué hago?

–Haz una fiesta con globitos, toca la balalaika, lo que se te ocurra. Ahora vuelvo.

Baja Ruth a toda prisa por las escaleras y atraviesa el comedor como una exhalación; de cuatro saltos ya está al final de la rampa buscando con la vista a sus compañeros.

Huele bien, que digo, huele maravillosamente, huele a cosmos infinito y gratitud. Los navegantes se han alejado bastante y tiene que llamarles a gritos; una voz le responde desde detrás de la rampa.

– ¿Qué ocurre? ¿Les pasa algo a los niños?

– ¡Qué susto me has dado Luis! ¿Cómo no estás brincando con los demás? ¡Venir! ¡Venir rápido! ¿Qué haces debajo de la esfera?

—Ven y observa tú misma.

La esfera se haya suspendida sobre ocho grandes patas y en su fondo lleva adosada una semicúpula de un material diferente.

— ¿Qué es esto Luis? ¿Lo que buscabas?

—Sí, esto es. Ahí dentro se encuentra el motor de la nave; si es que se le puede llamar motor ¿alternador? No sé. Algo conseguí arrancarle al asistente. Un gas que gira alrededor de una esfera de material radioactivo. Según la velocidad de giro tenemos más o menos antigravedad y producción de energía eléctrica.

— ¿En esa joroba se produce la electricidad? ¿Y para qué? ¡Ah!, claro, para los ordenadores y las máquinas de la nave.

—Eso supone un gasto mínimo; mira: ahora está parado.

— ¿Cómo lo sabes?

— ¿Ves este anillo cristalino? Detrás debe haber docenas de leds ahora apagados. Al abrirse la rampa bajé el primero y llegué a ver cómo aún salía una luz roja y giratoria. En segundos las luces se apagaron, y también paró otra cosa. Ven, salgamos de debajo de la esfera.

—Pero, pero, ¿y eso qué es?

—Son siete palas encastradas en el anillo que circunvala la esfera exterior. Hace unos segundos aún giraban.

— ¿Eso es lo que nos permite volar?

—No, es más bien como el timón de un barco; según las orientes vas en una dirección u otra.

—Por eso se oía a veces, cuando nos quedábamos a oscuras, como un rumor extraño ¿no?

—Funcionan con un sistema de levitación magnética, no tocan los bordes del anillo, pero algún sonido tienen que producir al girar. Por cierto, ¿a qué venían esos gritos? Ya llegan todos, Tadeo el primero. Eres un auténtico galgo.

— ¿Qué? ¿Qué pasa? ¿Qué? ¿Los niños?

—No, bobo, están todos bien. Espera un momento que lleguen los demás. Venir aquí todos, a la rampa. Mirar al este, allí, ¿la veis? Se está acercando.

Claro que la ven, claramente, cada vez más nítida y cercana. Saúl no puede reprimir su alegría y rabia contenidas y empieza a brincar y gritar como si le fueran a oír a kilómetros de distancia. (Mejor no reproducir sus exclamaciones; hay niños presentes)

— ¡Eh! ¡Eh! Mirar, mirar todos, mirar allí.

— ¿Dónde, Juana, dónde?

—Al norte; allí llega otra

— ¡Y otra más allí! ¡Otra viene por el oeste! ¡Y otra! ¡Y otra!

De los cielos que empiezan a oscurecerse van bajando una tras otra naves de diferentes tamaños, formas, y luminosidades. Una tras otra; y se van acercando. En menos de cuatro minutos las tienen encima.

Ruth siente un palpito, un temor, un no sé qué, y sube corriendo rampa arriba; trepa por las escaleras y casi arrolla a los bebés al entrar en Control.

— ¡Asistente! Los niños, ya, bien, ¿qué ocurre? ¿Qué pasa aquí? ¿No decías que teníamos cuatro competidores? ¿Cuántas luces ves ahí fuera?

—El número actual es doce; el radar capta doce naves. No son competidores, Ruth. Nunca los tuvieron; fue una añagaza que improvisé a medias con Cirac II, para motivarles. No provienen de la vieja tierra.

—Pero, entonces, ¿Qué son? ¿Quiénes? ¿Tienes alguna idea?

—Personas, Ruth; personas como usted y los niños en naves como ésta. Observe, están formando un círculo sobre nosotros.

— ¿Aviso a los demás? ¿Son peligrosos?

—En estos momentos no. Observe, Ruth, están comenzando a efectuar una danza de recibimiento y buenos deseos a los recién llegados. ¿Puedo poner la obertura de Tannhäuser? Parece la más adecuada.

— ¡Qué! No empieces con tus chorradas; ahora me vas a poner a Wagner, lo que me faltaba, estoy temblando; mis niños. ¿Y esos locos? ¿Por qué no suben? Están transidos, alelados mirando ahí fuera.

—Capitán Luis me sugirió que cambiara de gustos musicales; estoy explorando miles de grabaciones. Me encanta la música antigua.

—Bueno, pues pon Las Valkirias o lo que quieras. Pero bajito ¡eh! Bajito, o te sacudo. ¡Mira lo que hacen! Mirar todos, mirar.

Bebés y asistente, Ruth de cuerpo presente, se quedan mirando como en las pantallas de televisión (permite que te diga que estás haciendo un gran trabajo de realización, Cirac II) aparece bajo un cielo que se va estrellando rápidamente un círculo de naves luminosas.

Suben y bajan, se acercan y alejan, cambian los colores de sus luces con una sincronía perfecta. Son doce naves, de diferentes tamaños y formas, que están interpretando una especie de danza cósmica y prodigiosa.

Lanzan haces de luz sobre la zona, y giran, giran, giran bajo las viejas constelaciones a las que durante tantos millares de años miraron nuestros antepasados; esperando que algún día aparecieran y se mostraran.

En el silencio de la noche en la nueva Aurora parece que se escuchara un susurro, como de una voz melodiosa y suavísima, que casi cantara:

¡Bienvenidos! ¡Sed bienvenidos!

Hermanos de la galaxia.

Os amamos.

POST MORTEM

—Puede usted erguirse, ya está totalmente despierto. Despacio, despacio; se sentirá levemente mareado; es normal. Pose primero el pie derecho, ahora el izquierdo. Bien, en pie.

— ¿Dónde estoy? ¿Qué es esto?

—Está usted desorientado, es normal. Los efectos del sedante se pasaran en minutos. ¡Ve! Ya puede caminar usted solo.

—No, no recuerdo… recuerdo, recuerdo un viaje, un planeta lejano. Recuerdo…

—Estaba soñando. Venga con nosotros, acompáñenos por el pasillo; aquí está su vestuario ¿recuerda ahora? En esta taquilla están sus cosas. Puede ducharse y vestirse con toda tranquilidad; aquí están sus compañeros.

— ¿Ya despertaste, dormilón? Ven, que te hago unos cariñitos.

— ¡Para Tony! No me toques los güevos que no estoy para bromas, ¡y vístete! No sé qué cojones pasa aquí, ¿alguno me lo puede explicar?

—Que todo lo que tienes de largo lo tienes de bobo. Date una ducha de agua fría y espabila que nos espera el avión de vuelta a casa.

—Pero, pero, ¿qué cojones dices Saúl?

—A la ducha Luis, a la ducha. Nosotros hemos pasado por lo mismo; eres el último que han despertado.

—Pero, ¿de verdad hemos estado durmiendo? Tengo unos recuerdos de todos vosotros…

—Y de todas ellas seguramente. Fueron sueños inducidos; nunca fuimos a sitio alguno. Dale al chorro, que tenemos que esperar por ti para salir de aquí.

—Vale, joder, ¡que no hace falta que te metas conmigo en la ducha! ¡¡Ufff!! Qué alivio, me pesan hasta las pestañas. A ver, ponerme al día. Recuerdo haber estado en este mismo vestuario, cambiándome para salir de viaje. ¿Cuánto hace de eso? ¿Dos años? ¡Que no!, joder, ¡Tony! ¡Que no quiero que me frotes la espalda! ¡Que te vistas!

— ¡Ya no te quiero! Se te ha encogido. Vale, vale, me visto.

—Vaya dos, ¿acabáis de parir o qué?

—Calla, cabrero, enseguida nos vestimos. No perderéis el avión, tranquilos. ¿Tanta prisa tienes por ir a recoger manzanas?

—Basta ya, parar un poco. Las chicas ya están dispuestas para salir, así que aligera Luis o te quedas en tierra con esta cabra canaria.

—Ya voy, Tadeo, un minuto.

En pocos minutos se hayan los viajeros en la puerta del edificio rodeados por una docena de batas blancas. Esperan que aparque el autocar que por la puerta está entrando mientras consultan en sus teléfonos los mensajes que les habrán dejado.

Un sol maravilloso en un cielo despejado sobre las verdes montañas de la Isla de Tenerife. Sonrisas y pellizcos, chascarrillos entre todos.

—Y yo dándole vueltas y más vueltas al motor de la nave…

—Y a alguna de las presentes. Había conseguido montar un perrito maravilloso, más inteligente…

— ¡Mira quién habla! Y yo que soñé que tenía gemelos.

—Dejar eso; fueron sueños inducidos a través de electrodos en nuestro cerebro. Mirar esto, mirar vuestras cuentas corrientes en el teléfono móvil.

— ¿Qué dices Iñaki? ¿Qué tenemos que mirar?

—Tu cuenta corriente, Juana. Ya está ingresada la cantidad acordada y la prima extra es de… ¡Guau! ¿Es cierto?

—Totalmente correcto, viajeros. Las cantidades son exactas y ya pueden disponer libremente de ellas. En un fin de semana la ciencia ha avanzado hasta un límite insospechado; sus 48 horas en nuestras instalaciones nos han permitido conocer el cerebro humano como llevaría décadas de investigación. Un viaje interplanetario era el mejor cebo, la más arriesgada jugada, que les haría esforzarse al máximo. Los patrocinadores del proyecto están encantados con los resultados.

—Esos armarios y aparatos que había en el cuarto donde despertamos, ¿para qué servían?

—Mediante una novedosa tecnología hemos tenido acceso a la actividad de sus cerebros constantemente. Sabíamos cuando soñaban, lo que soñaban, y lo tenemos todo perfectamente grabado. Les estamos muy agradecidos. No se preocupen por sus intimidades, somos científicos y tenemos muy claros los límites éticos y morales. Les transmito en nombre de todo el equipo Aurora nuestra más efusiva felicitación.

Y mientras todos los batas blancas aplauden como si estuvieran en los toros o el teatro los viajeros van cargando sus maletas en el autocar. La rubia de bote y el conductor ayudan en la colocación de los bultos. Tony el último, tan solo les acompañará hasta La Laguna; un taxi le llevará a su casa. Prefiere ir a ver a su familia y amigos; ya irá otro día a la península. Promete visitarles a todos. Arrumacos, arrumacos. ¿De quién es este culito tan redondito? Por cierto.

—Disculpe director, pero aquí falta una de las chicas. ¿Dónde está Ruth?

— ¡Err! ya. Han surgido unas pequeñas complicaciones de última hora. Pero le aseguro que se encuentra bien. No se preocupen, pueden partir. Pueden irse. Ya se reunirá con ustedes. Vayan tranquilos.

—Bueno, si usted lo dice será verdad. Arranca la guagua, gomero. ¡Y como nos pongas a Dean Martin te corto el pelo con las uñas! Adiós, Aurora. Adiós, preciosos sueños. Era un planeta muy bello.

Arranca el bus y sale raudo a las carreteras de la isla driblando el alocado tráfico canario; en la radio suena *How can you mend a broquen heart*, versión de Michael Bouble y The Bee Gees.

AD VITA NOVA

Negras, grises, violetas, cárdenas nubes se cierran y envuelven entre sí, relámpagos surgen aquí y allá sobre las inmensas praderas y violentas ráfagas de viento remueven las hojas de los escasos árboles y los tallos de hierba bajo sus pies.

Comienza a llover sobre el pequeño huerto donde unas pequeñas sombras se afanan de aquí para allá entre coles y berzas.

— ¡Tita Ruth! Tita Ruth, Blendss me ha tirado del pelo.

—Pues no le muerdas en el cuello. Venir todos, rápido, todos a la nave. ¡Vamos! Que empieza a llover.

— ¡Que no me enseñes la lengua, Blendss!

— ¡Natalia! ¿Cuántas veces te he dicho que le pegues en la cabeza al primo Guashss! Castigada, a tu cuarto.

—Cuanto trabajo te dan; no paras un momento con tus niños. Siempre de aquí para acá a todas horas. No dejes que se alejen tanto de la nave; conoces bien el peligro de los microbios de este planeta.

— ¡Pues anda que los tuyos no corren que digamos! Son morrocotudos; pero, es cierto, parecen ángeles al lado de los míos. Los gemelos son incorregibles, ¡mírales! Siempre peleando con todo lo que tengan a mano. ¡Fuiste tú!, Adrián, el que rompiste el aspirador. No finjas, que yo te vi con le dabas con el martillo. ¿Quién lo arregla ahora? Deja ahí el azadón.

—No fui yo, Tita Ruth, ¡fue Froilán!

—Fuiste tú, que no pudiste abrirlo.

—Los dos castigados. A la ducha y a la cama sin cenar. Y corriendo que nos mojamos.

—Cuanto me río con esos pillos.

—Lo sé, Flishss, te observo; qué bien te lo pasas con ellos. ¡Pero no les enseñes esas cosas tuyas! Un día de estos van a levitar, ¡lo que me faltaba! Y Helena, Helena es imposible. Es como la de Troya, navegante que pasa a vernos, navegante que cae en sus redes; tu hijo mayor está que no para de suspirar.

—Ya, es muy atractiva; y en muchos sentidos. La miras con ojos de madre y no te das cuenta que la niña ya te llega por el hombro y se está desarrollando estupendamente.

— ¡Demasiado estupendamente! Ya tiene formas. ¿Cuánto tiempo llevamos aquí? ¡Natalia! Coge a Iker y tráele aquí inmediatamente, ¡qué niño! Parece autista; no suelta la tableta ni para dormir. Si no fuera por el asistente…

—Iker está desarrollando unas estupendas cualidades para la meditación y la comprensión avanzada; aprende rápido. Pero no deberías dejarle tanto tiempo solo con su computador.

—Ya, a veces me parece que se comunica telepáticamente con los cuánticos. ¿Sandra? ¡Ah, bien! Ya estás dentro; vamos nosotros también o nos calaremos.

—Por cierto, Ruth, ¿podría pedirte un favor?

—Tú dirás, ¡asistente! Cierra la rampa.

— ¡Convéncele para que deje de poner esa música atronadora cada vez pongo un pie en vuestra nave!

—Ja, Ja, Ja, ¿a quién me recuerdas? Es el Himno a la alegría. Si esos cacharros que producen al asistente tuvieran emociones, y ya no estoy segura, dirían que están enamorados de ti. Especialmente Primero; desde que hiciste esas modificaciones en el sistema holográfico que le permiten aparecer por cualquier rincón de la nave… ¡es que se derrite nada más verte! Ahí le tienes, ¡quita la música, pesado! ¿No ves que ojitos te pone?

— ¿Enamorado? ¿Un sistema operativo de computador? ¿Y tú, Ruth? ¿Qué sientes tú?

— ¿Yo? ¿Amor? No sé, ¿qué es eso que llamamos amor?

—Lo que mueve el universo, Ruth; y a nosotros mismos. Y todo cuanto llegues a concebir algún día.

(¿Por qué será que todos los hombres, de todos los lugares que han venido, y alguno tenía antenas en la cabeza, me vienen siempre con el mismo tema? Si existe algo auténticamente universal son los cuentistas, los troleros, los engatusadores, los…, bueno, qué más da. ¡Es tan alto y tan guapo! Espero que se quede esta noche)

−Vale, vale, os haré la cena, os haré yo la cena. Y si sois obedientes Flishss os contará otro par de cuentos de su planeta natal; pero, ¿no irás a levitar otra vez, verdad?

−¡¡Sí!! ¡Sí! Flishss, hazlo, tienes que hacerlo otra vez.

¿Final?

¿Tienen final los sueños, los amores, los universos? Ustedes sabrán. Un abrazo, frotadores.

Esta novela es un sencillo homenaje a los autores de ciencia-ficción, Robert A. Heinlein, Philip K. Dick, Poul Anderson, R. A. Lafferty, Alfred Bester, y tantos otros con los que me he pasado años desde que aprendí a leer con las novelas de Julio Verne y H. G. Wells.

Tenía que hacerlo; la montaña estaba ahí.

Pueden contactar conmigo a través del correo electrónico:
cuassia@gmail.com
O en mis blogs:
camino de las luciérnagas
Aldaba amiga

Otras obras mías son
Camino de las luciérnagas
Noche en la estación del Norte y otros cuentos fantásticos
Secreto canto de las luciérnagas
La crux de los ángeles
Milagro en Benarés y otros cuentos prodigiosos

www.ingramcontent.com/pod-product-compliance
Lightning Source LLC
Chambersburg PA
CBHW070925130626
46555CB00001B/286